Marcel Möring
Eine Frau

Marcel Möring

Eine Frau

NOVELLE

*Aus dem Niederländischen von
Helga van Beuningen*

Sammlung Luchterhand

Die Originalausgabe erschien 2007 unter dem Titel *Een vrouw*
bei De Bezige Bij, Amsterdam.

FSC
Mix
Produktgruppe aus vorbildlich
bewirtschafteten Wäldern und
anderen kontrollierten Herkünften
Zert.-Nr. GFA-COC-001223
www.fsc.org
© 1996 Forest Stewardship Council

Verlagsgruppe Random House FSC-DEU-0100
Das FSC-zertifizierte Papier *Munken Print* für dieses Buch
liefert Arctic Paper Munkedals AB, Schweden.

1. Auflage
Deutsche Erstausgabe
Copyright © 2007 Marcel Möring
Copyright © der deutschsprachigen Ausgabe 2009
Luchterhand Literaturverlag, München,
in der Verlagsgruppe Random House GmbH
Satz: Greiner & Reichel, Köln
Druck und Einband: CPI – Clausen & Bosse, Leck
Printed in Germany
ISBN 978-3-630-62161-6

www.luchterhand-literaturverlag.de

That sob through the wall
which bolts my heart
with its pure distress,
start-stops, and I'm left
in the prickly dark
with my eyes open wide
to a broken-off dream
still alive in my head.

Andrew Motion,
BAD DREAMS, I, DERBY TO PANCRAS,
AUS: LOVE IN A LIFE

I

Als ich in die Küche kam, konnte ich gerade noch dem nassen Geschirrtuch des Küchenchefs ausweichen. Der Maître, der neben der Tür stand, bekam es voll ins Gesicht. Es folgte ein Moment der Stille, in dem nahezu die vollzählige weiße Brigade auf den kopflosen Mann starrte. Niemand rührte sich. Dann hörte man einen ergebenen Seufzer. Der Maître nahm das Tuch von seinem Gesicht, legte es auf einen Tisch, zog die Augenbraue hoch und bedachte den Chef de cuisine mit dem Blick, den Biologen für eine interessante Schneckenart reservieren.

»Du«, schrie der Chef, unbeeindruckt von so viel Phlegma, »verdienst es nicht, zu leben! Wenn du deinen pockennarbigen Scheißkopf heute abend noch ein einziges Mal in der Küche zeigst, hack ich ihn eigenhändig ab.«

»Leo«, sagte ich, während ich in den Raum trat, der die beiden Männer voneinander trennte, »spüre ich da einen leichten Unfrieden?«

Der Koch starrte mich an, als hätte er keine Ahnung, wer ich war. Dann nickte er wild in Richtung des Maître. »Vier Lachs! Versaut! Weil sie die Teller zu lang haben stehenlassen! Amateure! Hinterwäldler!« Er griff nach einem Stieltopf und hob ihn hoch. Dann ging ihm auf, daß ich zwischen ihm und dem Maître de service stand. Er ließ den Topf sinken und schüttelte mutlos den Kopf.

»Meine Herren«, sagte ich. »Ich habe weder Zeit noch Lust für bilaterale Gespräche. Wir haben die Bude voll, und da hauen ein paar Typen australischen Wein weg, als ob es Cola wär.« Ich sah den Maître an. »Ich möchte, daß sie die restlichen Gänge im Eiltempo bekommen. Schneiden, Rasieren, ein Pfefferminz – und ab die Post, Herr Appelmans. Und zwar ein bißchen dalli.«

Der Maître öffnete den Mund ungefähr fünf Millimeter weit und schien etwas sagen zu wollen, schloß ihn aber wieder, als er meinen Blick sah. Er nickte knapp und verschwand durch die Schwingtür. Der Koch drehte sich brüsk um, schnappte sich einen Topf und schlappte nach hinten. Die Küche erwachte wieder zum Leben. Töpfe wurden auf Herde geknallt, Butter begann zu zischen, und irgendwo hackte jemand mit einem Beil auf eine Lende ein.

Ich verließ die Küche und begab mich nach oben, in den zweiten Stock, wo sich ein Gast über die Rezeption beschwert hatte. Ich drückte die schwere braune Tür zum Treppenhaus auf und stieg zum x-tenmal an diesem Tag nach oben.

Hotel-Restaurant De Witte Bergen hat zwölf Zimmer, verteilt auf zwei Etagen. Der oberste Stock, unter dem Dach, beherbergt das Appartement, in dem ich wohne. Meine Aufgabe als Besitzerin und Direktorin von De Witte Bergen scheint manchmal in erster Linie aus Treppensteigen zu bestehen. Die Zimmermädchen müssen kontrolliert, Zimmer überprüft werden. Es gibt Gäste, die persönliche Betreuung brauchen, und wenn jemand auscheckt, überprüfe ich selbst, ob in dem betreffenden Zimmer neue Glühbirnen nötig sind, die Tapete beschädigt ist oder ob es sonst etwas gibt, worum ich mich kümmern muß. Und dann gibt es noch mein eigenes Appartement, in dem ich wohne, schlafe und esse. Wir haben einen ausgezeichneten Koch, und ich sitze gern an seinem Tisch, bestehe aber darauf, mich an vier Tagen pro Woche selbst zu versorgen. Und so gehe ich täglich unzählige Male von oben nach unten und von unten nach oben.

Nachdem ich kurz bei dem Gast vorbeigeschaut hatte, der sich nicht beschweren, sondern nur wissen wollte, ob er auf seinem Fernseher BBC empfangen könne, ging ich weiter in meine Wohnung, in der die untergehende Sonne eine sanfte orangefarbene Glut auf die Wände legte. Ich machte die Balkontüren weit auf, und eine sanfte Brise wehte den klaren, salzigen Geruch nach Strand und Meerwasser herein.

Ich machte mich im Badezimmer frisch. Obwohl noch früh in der Saison, war es ein warmer Tag gewesen, sogar außerordentlich warm, und wenn mir etwas zuwider ist, dann die Klebrigkeit, die man am Ende eines langen Arbeitstags an sich spürt. Ich wusch mir das Gesicht, puderte die Wangen, fuhr noch einmal mit der Mascarabürste über meine Wimpern und zog mir die Lippen nach. Als ich mir Handgelenke und Hals parfümierte, sah ich mich plötzlich im Spiegel.

»Wirst du es schaffen heute, Liebste?«

»Natürlich. Ich schaff es immer. Weißt du doch.«

»Es ist ein harter Tag, warm, lang und hektisch ...«

»Es ist ein hartes Leben, warm und ...«

Ich eilte wieder nach unten. Im ersten Stock sah ich den Gast, den ich »den Oberst« nannte, aus dem Zimmer eines anderen Gastes kommen, einer Frau, der ich noch keinen Namen gegeben hatte, wohl aber eine Rolle. Etwas aus einem Tschechow-Stück, eine kränkelnde russische Antiheldin. Vielleicht »Mascha«. Ich ging weiter die Treppe hinunter. Als ich gerade die Schwingtür zum Restaurant aufdrücken wollte, sah ich in der Treppenbiegung einen ungefähr achtjährigen Jungen. Er saß auf dem Boden, Beine gekreuzt, Rücken an der Wand, und ordnete etwas, das wie ein Kartenspiel aussah.

»Tag, junger Mann. Gehörst du nicht zu der Hochzeit?«

Seine rechte Hand wanderte durch den Stapel und brachte ein paar Karten in die richtige Reihenfolge.

»Wie heißt du?«

»Florian.«

Wenn sie nicht Florian heißen, dann Ziv. Oder Maribel. Vor ein paar Wochen hörte ich am Strand eine Mutter ihr Kind rufen: »Bruce! Hol ma Demi un kumm her!«

Ich zeigte mit dem Kinn auf die Karten und fragte, was er da habe.

Der Junge hielt den Packen hoch. »Pokémon«, sagte er. Er fing mit einer langen Geschichte an von den Eigenschaften der Tiere, die auf den Karten abgebildet waren, und wie diese sich eventuell weiterentwickeln konnten.

»Weiterentwickeln …«

Er nickte und wollte gerade damit loslegen, mir die Finessen der Pokémon-Biologie zu erklären, als ich ihm die Hand auf die Schulter legte.

»Hör zu«, sagte ich. »Ich würde das gern wissen, aber ich arbeite hier und kann nicht zu lange fortbleiben, und dich vermissen sie auch bei Tisch.«

»Ich find das Essen eklig«, sagte er.

»Ach …« Wir standen auf und gingen die paar letzten Stufen hinunter. Er legte wie von selbst seine rechte Hand in meine linke. »Was hattest du denn?«

Er zuckte mit den Schultern. Wir traten in den Saal und sahen auf die vielen Leute.

»Was magst du denn?«

Er warf mir einen leicht argwöhnischen Blick zu. Dann bewegte er wieder seine Schultern.

»Hör zu«, sagte ich. »Das ist mein Restaurant. Wenn ich sage, du kriegst etwas, dann kriegst du es auch.«

Sein Mund öffnete sich ein wenig. Er holte tief Luft und sagte: »Pommes?«

»Pommes«, sagte ich mit Nachdruck.

»Mit Apfelmus?«

»Natürlich mit Apfelmus. Was denkst du denn? Daß wir hier bei McDonald's sind?«

»Und eine Krokette!«

»Pommes, Apfelmus und eine Krokette. Komm mit.«

Wir gingen nach rechts durch die Schwingtür in die Küche und steuerten auf Leo zu. Der Koch hatte gerade den jungen Mann bei den Kaltspeisen an die Schulter geknufft und wollte ihm nun zeigen, wie Menschen, die im Besitz von mehr als einer Gehirnzelle sind, Ahornsirup über Eis gießen.

»Chef«, sagte ich. »Das ist Florian.«

Leo blickte wütend nach unten.

»Er beißt keine Kinder«, sagte ich zu dem kleinen Jungen. »Nur Erwachsene.«

Leo rang sich ein Lächeln ab.

»Dieser Gast sitzt an Tisch drei und muß Sachen essen, die er nicht mag. Eklige Sachen.«

»Eklige Sachen!« brüllte Leo.

»Ruhig, Chef.« Das Kind rückte näher an mich heran, und ich legte ihm die rechte Hand auf die Schulter. »Wir haben es hier mit einem Pocahontas-Kenner zu tun.«

»Pokémon«, ertönte es leise.

»Meine Kinder sammeln diesen Mist auch«, sagte Leo mild. Er seufzte. »Was soll's sein, Frau Tinhuizen?«

»Pommes natürlich«, sagte ich. »Und ... Was war's gleich noch mal?«

»Apfelmus«, kam es leise.

»Apfelmus und ...«

»Und eine Krokette«, prophezeite Leo. »Wir sind hier verdammt noch mal nicht ...«

»... bei McDonald's. Ja, das hab ich Florian auch schon gesagt.«

Der Koch seufzte. »Fünf Minuten«, sagte er. »Vielleicht zehn.«

Wir drehten uns um und gingen zur Schwingtür. Dort, während ich schon halb im Saal stand, sah sich der Junge um und sagte laut und deutlich: »Vielen Dank, Chef.« Leo, der in seinem weißen Kochkittel hinter den dampfenden Töpfen und Pfannen eine täuschende Ähnlichkeit mit einem südamerikanischen Diktator hatte, mußte plötzlich heftig schlucken.

Der Junge ging zu dem Tisch zurück, an dem der Hochzeitsgesellschaft gerade das Hauptgericht serviert wurde, als mein Blick auf den Maître fiel, der hoheitsvoll auf mich zuschritt.

»Tisch fünf möchte mit dem Dessert warten und hat noch mehr Wein bestellt.«

»Moment ... Und was haben Sie gemacht?«

»Der Gast ...«

Noch bis hier war es zu hören: das brüllende Gelächter holländischer Geschäftsleute, die tolle Typen sind und das auch jedermann kundtun wollen.

»Sagen Sie mir, Herr Appelmans: Was nützt mir ein Maître, wenn ich so etwas selbst lösen muß?«

Er blieb mir die Antwort schuldig.

Ich ging kopfschüttelnd zu besagtem Tisch.

Keiner von ihnen war viel älter als dreißig. Ich war doppelt so alt und hätte ihre Mutter sein können, aber das war ein Faktum, das sie nicht beeindrucken würde, diese neuen Herrscher, die Generation, die in den neunziger Jahren auf der Bildfläche erschienen war und die Errungenschaften unserer Sozialdemokratie für so selbstverständlich hielt, daß sie keine Probleme damit hatte, das Ganze kaputtzumachen. Ich sah sie schon, Jux und Fun und zuviel Geld. Sie trugen die Anzüge, die zu ihrem Job gehörten, und die Krawatten, denen sich diese Generation so widerstandslos gebeugt hat.

»Frau Tinhuizen!« ertönte es, als ich am Tisch stand. »Wenn Sie an die Börse gehen, kaufen wir alle Aktien.«

Und wieder dröhnendes Gelächter.

»Ich fühle mich sehr geschmeichelt«, sagte ich. »Als Dank biete ich Ihnen unser Geheimdessert an.«

Ich vernahm den Ansatz zu einem Aufmucken, doch ich hob die Hand und erklärte, keine Einwände hören zu wollen.»Meine Herren, machen Sie sich auf etwas gefaßt, was die Küche als oralen Sex umschreibt.«

Als ich mich umdrehte und wieder Richtung Küche ging, explodierte die Fröhlichkeit zu etwas, was sich noch am ehesten wie ein Hundezwinger anhörte, in dem man eine läufige Hündin losgelassen hat. Ich ging am Maître vorbei und gab ihm den Auftrag, den Geschäftsleuten später nur fünf Gläser Muscat zu servieren.

»Schnee-Eier für Tisch fünf«, rief ich, als ich die Küche betrat. Mir entgegen kam der jüngste Kellner, der Pommes, Apfelmus und eine goldbraune Käsekrokette servieren ging.

»Schnee-Eier? Das sind doch verdammt noch mal keine Ballett-Tänzer!« Leo rief den jungen Mann, der für die Kaltspeisen zuständig war, und wollte ihm Anweisungen erteilen, aber ich hob die Hand, ließ mir die Teller bringen und machte mich selbst an die Arbeit.

Schnee-Eier werden bereits von Artusi erwähnt. Sie sind schon vom Äußeren her spektakulär. Von den Dottern getrennte Eiweiße werden mit etwas Salz unter Schlagen in einem Topf erwärmt. Wenn die Eiweiße steif werden, süßt man die Masse leicht mit Puderzucker, während man mit dem Schneebesen weiterschlägt. Dann sticht man den Schaum mit einem Eßlöffel ab und formt eiförmige Nocken, die in kochende Milch gelegt und mehrmals gewendet werden, damit sie stocken. Wenn die Nocken steif sind, werden sie mit dem Schaumlöffel herausgehoben und zum Abtropfen in ein Sieb gelegt. Ich setze sie dann in ein Bett aus flüssigem Vanillepudding und bestreue sie mit geraspelter zartbitterer Schokolade. Dazu eine Kugel fast schwarzes Schokoladeneis, und man kann wirklich von oralem Sex sprechen.

Als ich die Teller fertig hatte, trug ich sie zusammen mit dem jungen Mann für die Kalte Küche in den Saal. Die Geschäftsleute saßen am mittlerweile leeren Tisch und machten leicht verärgerte Gesichter.

»Warum wird unser Wein eigentlich nicht gebracht?« wollte einer von ihnen wissen.

»Weil wir Ihnen jetzt unser Geheimdessert servieren«, sagte ich. Wir stellten ihnen die Teller hin, der Maître kredenzte den Muscat, und wir nickten. Die Männer blickten auf die Teller und runzelten die Stirn.

»Uova di neve«, sagte ich. »Mit den besten Empfehlungen vom Küchenchef.« In Gedanken sah ich Leo mit einem Hackmesser und vorgebundener blutiger Schürze in den Saal stürmen.

Als ich mich wieder in die Eingangshalle begab, wobei ich durch die Blicke speisender Menschen watete und Lächeln verteilte, als hätte ich gerade Brot, Fisch und Wein vermehrt, verspürte ich eine merkwürdige Leere, ein komisches hohles Gefühl. Es glich der schwankenden Taumeligkeit, wenn einem plötzlich bewußt wird, daß man den ganzen Tag noch nichts gegessen hat, und jetzt ist man so ausgehungert und schlapp, daß man der Ohnmacht nahe ist. Ich ging, ein wenig unsicher, weiter.

Im Treppenhaus, den rechten Fuß auf der untersten Stufe, die Hand auf dem Geländer, war es, als zöge jemand den Stöpsel aus mir heraus. Ich umklammerte das Geländer und sah, wie meine Knöchel weiß wurden. Tief im Bauch fühlte ich Panik aufflackern. Irgendwo auf der ersten Etage ging eine Tür auf. Ich hörte die Stimme eines Mannes, der seiner Frau zuredete, ihm zu folgen. Ich stolperte zum Putzschrank, stieg hinein, zog die Tür hinter mir zu und drückte mein Gesicht in einen Stapel Handtücher. Mein Körper zuckte, mein Bauch zog sich zusammen, als müßte ich mich übergeben.

Schritte. Stimmen tauchten auf und entfernten sich wieder. In der Ferne brummte monoton und griesgrämig ein Elektromotor.

Ich sank auf einen Pappkarton und starrte ins Dunkel. Kalter Schweiß lief mir über den Rücken, mein Gesicht war klamm. Allmählich konnte ich die Regale und Schachteln, Handtuchstapel und Reinigungsmittelflaschen erkennen. Die Leere des Dunkels verschwand, aber die Leere in mir blieb.

Was war los mit mir?

Eine Erinnerung kam auf, an ein offenes Fenster und einen abendlichen Platz.

Aufstehen, Laura. Steh jetzt auf. Und wenn du stehst, machst du die Tür auf, und wenn die Tür auf ist ...

Ich konzentrierte mich auf meinen Atem: einatmen und dabei bis vier zählen, anhalten und bis zwei zählen, ausatmen auf vier. Mein Bauch entspannte sich. Der unbestimmte Druck hinter den Augen, der schon länger da war, den ich aber erst jetzt wahrnahm, begann zu verebben.

Ich atmete tief ein, öffnete die Tür, schaute um die Ecke und trat auf den leeren Gang hinaus. Ich war froh, daß niemand da war. Ich hätte nicht erklären können, was ich in dem Schrank gemacht hatte und was mit mir los war.

Ich klopfte mir auf die Wangen, straffte die Schultern und ging nach unten. Ganz schwach erinnerte ich mich, mit irgend etwas beschäftigt gewesen zu sein. Ich hatte ein Ziel gehabt, bevor ich in diesen Schrank geflüchtet war. Aber welches?

Ich öffnete die Tür zum Restaurant und lief einem atemlosen Lehrling in die Arme. Seine Augen glänzten, und sein Gesicht zeigte eine Mischung aus Angst und Aufregung.

»Frau Tinhuizen!«

Ich legte den Finger auf die Lippen und sah ihn eindringlich an.

Er nickte und zwinkerte nervös.

»Im Speiseraum gibt es ein kleines Problem«, sagte er, jetzt so leise, daß ich ihn kaum verstehen konnte.

»Du mußt dich schon etwas deutlicher ausdrükken«, sagte ich. »Ist die Decke eingestürzt, oder hat jemand seine Suppe nicht rechtzeitig bekommen? Oder ist es irgend etwas dazwischen?«

Er schnappte nach Luft und hielt seine Hände in einer hilflosen Gebärde, wie um die Größe von etwas anzugeben, als wolle er sagen: Nein, so schlimm ist es nicht, aber auch nicht ganz unbedeutend – eben so, wie ich es jetzt zeige.

»Komm. Schauen wir mal, worum es geht.«

Ich brauchte keinen Führer, um »das kleine Problem« zu lokalisieren. Fast alle Gäste hatten sich umgedreht und schauten zur langen Hochzeitstafel. Es war eine Gesellschaft von dreiundzwanzig Leuten, eine, wie ich finde, unglückliche Zahl, und sie hatten sich merkwürdig plaziert: Braut und Bräutigam in der Mitte der einen langen Seite, die beiden Elternpaare ihnen gegenüber und dann die übrigen Gäste in einer Reihenfolge abnehmender Wichtigkeit. Diese Reihenfolge war noch immer intakt, allerdings saßen einige nicht mehr. Der Brautvater, Besitzer einer Sanitärgroßhandlung, der mir an diesem Abend schon »einen guten Preis« für neue Toiletten gemacht hatte, stand halb über den Tisch gebeugt. An seinem linken Arm hing seine Frau und rief: »Ruud, denk an dein Herz!« Der Bräutigam, der ebenfalls stand und rot im Gesicht war, stützte sich mit der flachen linken Hand auf den Rand eines Suppentellers, der Tomatensuppe auf die Tischdecke blutete. »Erst wenn du das Salz aufs Brot verdienst, du Rotznase!« hörte ich den Vater sagen. Er hatte einen durchräucherten Baß, der auch im restlichen Restaurant gut zu verstehen sein mußte. »Geld?« sagte der Bräutigam. »Geht's dir um Geld?« Seine Rechte schoß zu seiner Gesäßtasche. Ein paar Hochzeitsgäste fuhren zurück, und einige ließen sich sogar unter den Tisch gleiten. Ich sah mich unwillkürlich nach dem kleinen Pokémon-Jungen um. Er saß nicht am Tisch. Der Bräutigam zog ein Bündel Geldscheine hervor und schmiß es in Richtung des Brautvaters. Bevor die Scheine ihr Ziel erreichten, öffnete sich das Bündel. Die Hunderter flatterten über den Tisch und landeten in Schüsseln und Tellern.

»Meine Herren«, sagte ich, während ich auf den Abendmahltisch zuschritt, »das geht so nicht.« Ich war auf die Seite des Bräutigams gegangen, weil er mir am nächsten war, fragte mich aber bereits, ob das klug gewesen war. Er zuckte vor Wut und schien mich nicht zu hören.

»Meine Herren«, sagte ich noch einmal.

»Das einzige, womit du dir die Pfoten dreckig machst, ist schmutziges Geld.« Der Brautvater wedelte einen vorbeiflatternden Schein beiseite, als wäre es ein lästiges Insekt. Der Bräutigam holte so tief Luft, daß ich ihn erstaunt ansah. Seine Brust schwoll, und er lehnte sich zurück. Es war, als nähme er aus dem

Stand heraus Anlauf. Ich streckte die Hand aus, um sie auf seinen Arm zu legen und so um seine Aufmerksamkeit zu bitten, doch bevor ich sein Jackett berührt hatte, schaute er zur Seite, nahm mich für eine Millisekunde wahr und fegte mich dann entschlossen aus seinem Blickfeld.

Ich sah, wie die Decke des Raums vorbeischoß, hörte Gläser und Porzellan klirren, und danach war einen Moment lang nichts.

...

In der Küche betupfte der junge Mann von den Kaltspeisen meine geplatzte Braue mit einem Tuch, das unmöglich sauber sein konnte. Dieser Meinung war Doktor de Vries auch. Er stellte seine Tasche ab, nahm den Lappen, betrachtete ihn mit leichtem Grausen und schickte den Jungen kopfschüttelnd weg.

»Niemals«, sagte er, während er eine Stelle auf einem der Stahltische sauberwischte, »niemals einen wütenden Mann am Arm fassen.«

»Ich werd's mir in mein Tagebuch schreiben«, sagte ich. Ich schloß die Augen und seufzte.

De Vries drückte einen mit Alkohol getränkten Gazebausch auf meine Braue und bemerkte, er habe gerade gelesen, daß Rißwunden besser heilten als ein

Schnitt, daß ich also in gewisser Weise Glück gehabt hätte.

»Schön zu hören, Harm. Ich hab nämlich gerade gedacht, daß ich irgendwie Pech habe.«

Er lachte kurz auf. »Genauer gesagt, ich klammere dir jetzt die Wunde, und auch dabei hast du Glück, denn so brauchst du nicht eine Stunde lang blutend in der Ambulanz zu sitzen.«

»Klammern?« Ich öffnete die Augen und sah ihn unter dem Gazebausch hervor an.

Er spitzte die Lippen. »Halb so wild. Das machen wir heutzutage mit Kleber. Du spürst nichts davon. Halt mal eben fest.«

Ich drückte den Bausch auf meine Braue und schüttelte den Kopf. De Vries zog ein Paar Latexhandschuhe an und begann in seiner Tasche zu wühlen.

»Harm«, sagte ich. »Warum habe ich das Gefühl, daß dir das Spaß macht?«

»Weil du weißt, daß ich gern bastel.«

Hinten in der Küche lachte der Chef.

Der Hausarzt hieß mich den Gazebausch wegnehmen, packte meine Braue unsanft zwischen Daumen und Zeigefinger und trug aus einer Plastikampulle etwas Feuchtes auf. Er drückte die Wunde zu und nickte aufmunternd.

»Ich nehme an, du willst wissen, wenn es weh tut?« sagte ich.

Er nickte.

»Es tut weh.«

Er drückte etwas weniger fest.

»Mist«, sagte er nach einer Weile. »Jetzt klebt mein Handschuh an deiner Augenbraue.«

Der Küchenchef lachte so laut, daß man es zweifellos bis ins Restaurant hören konnte. Nicht, daß es etwas ausmachte: Nach der Schlägerei wunderte sich niemand mehr über irgendwas.

Die schwungvolle Armbewegung, mit der der Bräutigam mich beiseite gefegt hatte, war vor allem unerwartet gewesen. Um meinen Fall abzubremsen, hatte ich offenbar um mich gegriffen, nicht, daß ich mich an irgendwas erinnern konnte, hatte Halt an der Tischdecke gefunden und war schließlich mitsamt Decke und Geschirr auf dem Boden gelandet. Während ich dort lag und einen Moment lang nicht wußte, was unten war und was oben, hatten sich meine Angestellten um die Hochzeitstafel geschart, und der Chef war mit seinem Wetzstahl aus der Küche gekommen und hatte die Gesellschaft aus dem Saal gescheucht, als wäre er ein Viehhändler, der mit seinem Spazierstock eine Herde Kühe zum Schlachthaus trieb. Danach hatte die schwarze Brigade die übrigen Gäste beruhigt und alles wieder aufgeräumt, und der Chef hatte mich in die Küche gebracht und auf eine Bank gesetzt, während jemand Doktor de Vries holte, unseren Nachbarn.

Dieser Nachbar nun schnitt seinen festgeklebten

Handschuh von meiner Augenbraue los und nahm das Glas Wein, das der Chef ihm brachte.

»Laura«, sagte er, »wie konntest du so was Dummes tun?« Seine Stimme hatte etwas Bevormundendes bekommen. »Nie in einen Streit eingreifen. Das müßtest du doch allmählich wissen.«

»Heute ist nicht mein Tag«, sagte ich. »Es ist nicht mal mein Leben.« Ich lächelte den Hausarzt an und war mir der Tatsache bewußt, daß es ein äußerst müdes Lächeln war.

Ich wandte mich an den Koch.

»Ich geh mal kurz rauf, Leo. Ich will mein Make-up in Ordnung bringen. Ich seh ja aus wie eine Vogelscheuche. Appelmans soll allen Gästen ein Glas Champagner anbieten.«

»Appelmans?« sagte der Chef. »Wo ist der denn? Die letzte halbe Stunde hab ich das lange Elend nicht mehr gesehen.«

»Das kommt daher, weil er deinen gastfreundlichen Dunstkreis meidet«, sagte ich. »Kümmer dich drum. Ich bin in einer Viertelstunde wieder unten.«

Ich dankte dem Hausarzt, drückte die Schwingtür auf und schlüpfte ins Treppenhaus. Mich beschlich das Gefühl, eine Rolle in einer französischen Posse zu spielen. Es war ein ermüdendes Gefühl. Ich begann mich nach dem Ende des Tages zu sehnen.

Erst als ich im Treppenhaus stand, fiel mir ein, daß ich vorhin schon mal nach oben gegangen war, dann aber von dieser unerwarteten, seltsamen Leere überfallen worden war und mich im Putzmittelschrank im ersten Stock hatte verstecken müssen. Danach war ich sofort wieder nach unten gegangen. Ich hatte mein Ziel nie erreicht. Die Sache war nur die, daß mir jetzt partout nicht mehr einfiel, warum ich vorhin nach oben gewollt hatte. Während ich darüber nachdachte, spürte ich ganz entfernt dieses leere Gefühl wieder, aber nicht mehr so stark. Ein Echo ... Das hohle Geräusch von ... Ja, von was?

Einsamkeit, dachte ich plötzlich, als ich die zweite Etage erreicht hatte und weiter nach oben ging. Ein allesbeherrschendes Gefühl völliger Einsamkeit. Ich schüttelte den Kopf und schaute auf meine Füße, die die Stufen hinaufstiegen. Auf meinem linken Schuh war ein weißer Fleck. Das war wahrscheinlich während meines gescheiterten Versuchs passiert, den Hochzeitsstreit zu schlichten. Suppe? Soße? Was für eine Suppe hatten sie? Plötzlich sah ich die Hand des Bräutigams wieder, der sich auf seinen Teller stützte. Und den roten Kopf seines Schwiegervaters. Die Geldscheine, die durch die Luft flatterten und auf dem Tisch landeten. »Ruud, denk an dein Herz!« Die Braut hatte dagesessen, die Hand vor den Mund geschlagen.

Ich öffnete die Tür zu meiner Wohnung. Die Gardine bauschte sich nach innen und erinnerte mich an Schwangere. Ich schaute auf sie, die Türklinke noch umklammert, und jetzt war ich es, die sich die Hand vor den Mund schlug. Ich spürte, wie mir die Tränen in die Augen schossen.

»Sylvia«, hörte ich mich sagen. »Sylvia, wo bist du?«

2

Ein Mann stand auf der anderen Seite des Gangs. Er kam auf mich zu, und als er vor mir stand, schien er kurz zu zögern. Er betrachtete mich mit einem Blick, in dem Ernst und Neugier wechselten. Ich sah erstaunt zurück. Dann, nach wenigen Sekunden, die aber wie eine Minute geschienen hatten, fragte er, ob er mir helfen könne. Es dauerte einen Moment, bis ich merkte, daß er Französisch sprach, und noch einen Augenblick, bis ich seine Frage übersetzt hatte.

»Helfen?« sagte ich. »Warum fragen Sie?«

Er warf einen Blick zur Seite, wie um zu schauen, was unsere Mitreisenden davon hielten.

»Madame«, sagte er, »wenn eine Frau weint, wird ein Mann sie dann nicht trösten?«

Ich wollte loslachen, doch im selben Moment schoß meine Hand zu meinem Gesicht, ich betastete eine Wange, dann die andere, und erst da merkte ich, daß meine Schultern zuckten und die Tränen nur so flossen. Ich schlug die Hand vor meinen Mund und konnte gerade noch einen entsetzten Schrei unterdrücken.

Der Mann stand leicht vorgebeugt vor mir, auf seinem Gesicht das besorgte Lächeln eines Menschen, der sich verpflichtet fühlt, lieber aber woanders gewesen wäre.

»Es ist nichts«, sagte ich achselzuckend. »Rien, monsieur. Eine allergische Reaktion. Nichts Persönliches. Merci beaucoup. Nichts.«

Er runzelte die Stirn und betrachtete mich mit dem leichten Argwohn eines Menschen, der im Begriff steht, eine kleine Lüge zu glauben, die ihm gut in den Kram paßt. Ich lächelte schief und versuchte, aus einem aufwallenden Schluchzer ein Lachen zu machen. Ich war mir nicht sicher, ob es mir gelang, aber mein Samariter nickte, drehte sich um, zuckte kaum merklich mit den Schultern und ging zu seinem Platz zurück.

Als wir die belgische Grenze passiert hatten, nahm ich meine Tasche und meinen Mantel und verschwand in einer heftig nach Urin stinkenden Toilette. Ich deckte die Brille mit Papierhandtüchern ab, setzte mich, zog meine Sachen auf den Schoß und ließ mein Gesicht in den Mantel sinken. Dort, gedämpft durch den Stoff, ließ ich meinen unterdrückten Schluchzern freien Lauf. Es war, als würden die Schleusen eines Stausees geöffnet. Ich mußte mir das Schulterpolster meines Mantels in den Mund stopfen, um das Brüllen zu dämpfen, das tief aus mir aufstieg und einen Ausgang suchte.

Der Zug donnerte über die Gleise. Der Lärm der eisernen Räder auf den Schienen brach sich an den kahlen Wänden. Alles klapperte und ratterte, und im schmuddeligen Waschbecken schaukelte eine kleine Wasserpfütze.

Hier, an diesem Ort, der Kummer meines Lebens ...

So weit war ich gekommen. Diese Wende hatte mein Lebensweg genommen ...

Die Ratlosigkeit, die ich in dieser schmutzigen Toilette empfand, war so groß und der Kummer in mir so unendlich und aussichtslos, daß ich fürchtete, auf der Stelle den Verstand zu verlieren. Zwischen den Schluchzern, die meinen ganzen Körper erschütterten, spülten Panikwellen über mich hinweg, Wellen, in denen ich mich ertrinken sah. Ich spürte, daß ich die Kontrolle über alles, mich, mein Leben und die Welt um mich herum, verlor. Ich stellte mir vor, wie man mich hier, auf dem Boden liegend, zwischen Fetzen WC-Papier, halb um die Schüssel gekrümmt, finden würde: ein in sich hineinmurmelndes, unzusammenhängende Laute von sich gebendes Wrack, eine auf Schleim und Rotz und Sabber degradierte Larve, die sich träge im Dreck wand, eine verrückt gewordene Frau, die in eine Anstalt verfrachtet werden mußte, aus der sie nie mehr herauskommen würde.

Erst als wir in den Antwerpener Hauptbahnhof einfuhren, traute ich mich, die Toilette zu verlassen. Ich hatte mein Gesicht, so gut es ging, mit einem nassen

Taschentuch abgetupft, mied aber wohlweislich den Spiegel. Ich nahm in einem anderen Wagen Platz, richtete den Blick nach draußen und versuchte mich auf den letzten Teil der Heimfahrt zu konzentrieren. Der Zug setzte sich wieder in Bewegung, ich merkte, daß ich vorwärts fuhr, nachdem ich vorher rückwärts gefahren war. Ich blickte auf das langsam verschwindende flämische Land und den heranstürmenden Süden der Niederlande. Die Felder waren schwer und reif, das Korn stand gebeugt und braungelb, der Mais reckte sich hoch hinauf, und darüber wölbte sich der grellblaue Himmel wie ein Segel im Wind. Irgendwo fuhr ein Bauer mit entblößtem Oberkörper auf seinem Trecker durchs Feld.

Ich wollte, daß mich jemand von mir befreite. Ich wollte von mir abgezogen werden wie ein Pflaster von einer Wunde. Ich sehnte mich danach, daß jemand mich wie einen Zweig vom Baum riß. Ich wollte, daß etwas oder jemand mich zerbrach, zertrümmerte, zerstampfte und zermalmte. Ich wollte auf ein Nichts reduziert werden, ausgetreten wie eine Kippe, durchgestrichen und weggekratzt. Ich wollte nichts mehr sein und nichts mehr spüren. Ich wollte, daß alles vorbei war.

...

Ich war damals eine Frau von fünfunddreißig. Keinen Monat davor hatte das Leben vor mir gelegen wie ein sich träge schlängelnder Weg, der über grasbewachsene Hügel in eine himmelblaue Ferne führt: et in Arcadia ego. Dann ging alles plötzlich und nacheinander schief, in einer Kaskade von Ereignissen, wie eine anschwellende Lawine, und keine drei Wochen später stand ich am Fenster einer Pension in Avignon, starrte in die Tiefe auf den Platz, der unter mir lag, und spürte den verlockenden Sog des Todes. Auf der gegenüberliegenden Seite schwieg die fahlgraue Steinmasse des ehemaligen päpstlichen Palais. Hinter mir schlurften die Füße der Pensionsinhaberin über den abgewetzten Teppich des anderen Zimmers. Unter mir, unter dem offenen Fenster: das atmende, lockende Nichts.

Die Tiefe.
  Der Tod.
  Ich glaube nicht, daß ich mein Leben beenden wollte. Ich hatte keine Ahnung, was das bedeutete: mein Tod. So weit reichten meine Gedanken nicht. Ich wollte nur, daß es aufhörte. Ich wollte, daß es nicht mehr weh tat.

Es?
  Das Leben.

Alles.
Ich.

Ein gutes halbes Jahr zuvor war ich Sylvia begegnet. Sie sah sich gerade die Auslage eines Juweliers an, ich überquerte die Straße und sprach sie an. Zwei Stunden später lagen wir im Bett, und der Apfel war gegessen.

Es war eine Achterbahn der Ereignisse und Emotionen, das Leben mit ihr. Ich hatte noch nie jemanden gekannt, der so impulsiv zu handeln schien und zugleich so berechnend war. Wie sie uns zum Beispiel im Zoo von einem vorbeigehenden jungen Mann hatte fotografieren lassen und danach, »zum Spaß«, mit ebendiesem Mann posiert hatte. Und ich hatte das Foto gemacht. Erst viel später, als ihre Mutter zu Besuch kam, stellte sich heraus, warum sie das getan hatte: Sie hatte einen Freund erfunden, mit dem sie zusammenlebte, dieser Freund war mein Sohn, der unbekannte junge Mann auf dem Foto im Zoo. *Schau, Mutter, hier ist ein Foto von ihm. Frau Tinhuizen hat es gemacht.* Sie ließ sich mit Alfred ein, meinem ehemaligen Ehemann, und verließ mich. Erst als sie wieder zurückkam, schwanger, stellte sich heraus, daß sie das alles getan hatte, um mir das Kind zu schenken, das ich nicht bekommen konnte.

Sylvia spielte mit dem Messer auf dem Tisch.

Es war ein gefährliches Spiel.

Alfred, genauso von ihr bezaubert wie ich von ihrer scheinbaren Impulsivität, aber gedemütigt und eifersüchtig, als er entdeckte, wie berechnend sie war, brachte sie um und mit ihr das ungeborene Kind in ihrem Schoß.

Aller Wahnsinn eines Lebens in sieben wirbelnden, fiebrigen Monaten: Liebe, die Frucht der Liebe, Tod.

Vielleicht war Sylvia zu viel für einen Menschen und ein Menschenleben zu wenig für sie.

Warum liebte ich Sylvia? Warum liebte ich jemanden, der so schlecht zu meinem ruhigen, nüchternen Wesen zu passen schien? Und warum eine Frau? Ich, die mit einem Mann verheiratet gewesen war und noch nie ...

Was war so besonders an ihr, daß ich an jenem kalten Februartag die Straße überquerte, mich neben sie stellte, in das Schaufenster starrte, in das sie starrte, und sie ansprach?

Oder sind das die falschen Fragen, sollte ich besser versuchen, herauszufinden, was mit mir los war, daß ich ...

Ein Vierteljahrhundert, mein halbes Leben, war das nun her.

Hatte ich ein Gefühl von Schicksalsbestimmtheit, die Ahnung eines bedeutsamen, unheilträchtigen Fatums, an jenem Tag im Februar, als ich sie erwählte?

Ich kann mich nicht daran erinnern.

Ich ging auf der rechten Straßenseite. Sie stand auf der linken.

Ich ging zu ihr hinüber.

War sie hübsch?

Ich weiß es nicht. Ich weiß es nicht mehr.

Liebte ich sie?

Ich erinnere mich an das Bett, aber nicht, wie wir uns liebten. Ich erinnere mich nur, wie weich sie war. Daß ich ihrem Po, der Linie ihres Pos, mit der Spitze meines Mittelfingers folgte.

Aber kein Gesicht mehr.

Das ist verschwunden.

Genau wie das Sehnen, das Verlangen, das Heimweh, die Lust.

Was blieb, ist der Schmerz.

Aber schwächer jetzt. Denn alles läßt nach. Sogar das Allerschlimmste.

Damals, in Avignon, als ich mich umdrehte und den Schemen der Pensionswirtin durch das hintere Zimmer schweben sah, dachte ich an das Ägidiuslied. Wie mein Vater es mir früher vorgesungen hatte …

Mein Freund, wohin entschwandst du mir?
Ägidius, hör, ich misse dein.
Fort gingst du, und mich läßt du hier.

Gesellschaft hätt ich gut und fein,
Wär dir und mir der Tod gemein.
Nun thronst du droben für und für,
Klarer als der Sonnenschein,
Alle Lust gehört nun dir.

Mein Freund, wohin entschwandst du mir?
Ägidius, hör, ich misse dein.
Fort gingst du, und mich läßt du hier.

Bete für mich, verzweifelt schier
Seufz ich hier noch in Not und Pein.
Wahr' meine Stelle neben dir:
Noch sing ich eine Weil allein,
Doch einmal muß ein Ende sein.

Mein Freund, wohin entschwandst du mir?
Ägidius, hör, ich misse dein.
Fort gingst du, und mich läßt du hier.

Ich starrte aus dem Fenster meines Zimmers, und das kühle Dämmergrau des frühen Abends schwebte herein und machte alles bleich und fahl. Das Palais in der Ferne verlor an Farbe und verschwamm in den Schatten. Auf dem Platz wurde es stiller. Der Himmel verfärbte sich, der Sommerabendmond erschien.

Hör, ich misse dein ...

Ich drehte mich um und starrte auf das ausgebeulte Sofa, den niedrigen Tisch mit der Häkeldecke, den Marmorkaminsims, der an bessere Zeiten erinnerte und seinen Spott mit der kultivierten Verschlissenheit des restlichen Interieurs trieb.

Ich verspürte Schmerz.

Ich *war* Schmerz.

Wenn ich hinausschaute, fühlte ich, wie die Welt an mir nagte. Wenn ich nachdachte, fraßen die Gedanken an meinem Gehirn.

Es war so viel und so allgegenwärtig, daß ich mir nicht vorzustellen vermochte, es könnte mehr Schmerz auf der Welt geben.

Trotzdem schüttelte ich den Kopf. Ich atmete tief durch. Ich nahm die Schultern zurück.

Ich öffnete die Tür zum hinteren Zimmer und nahm den Rest meines Lebens in Angriff.

...

Einen Tag später reiste ich zurück. Ich saß im Zug nach Amsterdam, weinte, ohne es selbst zu merken, starrte auf die vorbeisausende Landschaft und ließ mich, am Ziel angekommen, von einem Taxi nach Hause bringen. Eine Woche später kündigte ich meinen Job, verkaufte mein Haus und sagte meinen Freunden, ich ginge auf Reisen, »auf die Suche nach mir selbst«. Es war 1975, die ganze Welt war auf der Suche nach sich selbst. Niemand wunderte sich, daß ich das auch tat. Ich hatte in einem einzigen Jahr die Liebe meines Lebens, ihr ungeborenes Kind und meine Mutter verloren. Wer würde danach nicht auf die Suche gehen?

Aber ich suchte nicht. Ich wollte nicht finden. Ich wollte verlieren. Mich selbst wollte ich verlieren, mich und die Erinnerung an das Schreckensjahr, das hinter mir lag. Ich wollte verlieren, bis ich leer war wie ein Sterbehaus, wie das Sterbehaus, als das ich mich fühlte.

Ich war durch das Erbe meiner Mutter und den Erlös des Hauses eine reiche Frau geworden. Wenn ich wollte, konnte ich suchen und verlieren, bis ich schwarz wurde, und so brach ich eines Tages auf mit nicht viel mehr als einem großen Koffer und einem ebenso großen Mangel an Interesse, was mein Schicksal betraf. Ich hatte nicht darüber nachgedacht, wohin ich reisen wollte. Im Reisebüro hatte ich zu dem Mädchen am Schalter gesagt, ich wolle »weg«, am liebsten weit weg, an einen Ort, wo ich keinen Bekannten begegnen würde. Sie sagte spaßeshalber, nichts sei weiter weg als Australien, und so saß ich ein paar Tage darauf in einem Hotel in Adelaide, einem Ort, wo niemand mich und ich niemanden kannte und ich nichts anderes zu tun brauchte, als endlos auf den grasbewachsenen Böschungen der Pioneer Women's Memorial Gardens zu sitzen und zu warten, bis etwas geschah, das meinem Leben eine neue Wendung gab.

Es war September. Ich badete in der milden australischen Frühlingssonne, starrte auf das Gras und die Bäume und versuchte zu vergessen, was ich nicht vergessen konnte. Ein paarmal sprachen mich Leute an, und ich führte belanglose Gespräche über Tulpen, Holzpantinen und Fußball. Aber meist saß ich dort nur herum, bis es Zeit wurde, aufzustehen und etwas zu essen oder zu schlafen.

Eines Tages ging ein Mann vorbei, der zehn Meter weiter stehenblieb, den Kopf sinken ließ, auf seine Schuhe blickte und dann merkwürdig entschlossen zurückging. Direkt vor mir hielt er an. Seine Augen waren hellblau, so licht und klar, daß ich unwillkürlich lächelte.

»Ich kann völlig schiefliegen«, sagte er in einem Ton, als hätten wir an diesem Tag schon einmal miteinander gesprochen und er käme jetzt auf einen Punkt zurück, der noch offengeblieben war, »und es ist ein Gedanke, der mir einfach so kommt, aber ich würde sagen: weiß.«

Ich blinzelte in die Sonne und dachte nach. »Weiß?«
»Weißweintrinkerin.«

Es war ein ganz ordentlicher Eröffnungssatz für jemanden, der nicht wie ein geborener Aufreißer aussah, aber trotzdem mußte ich seufzen. Er lachte los.

»Sie denken, das ist ein Trick, nicht wahr? Ha! Natürlich.« Er schüttelte den Kopf und strich sich übers Kinn wie ein Bartträger, der sich an sein glattes Gesicht noch nicht gewöhnt hat. »Nein, ich suche Verkoster für den Weißwein, den wir machen. Sie müssen Französin sein.«

»In Frankreich sind die Frauen in der Regel kleiner.«

»Hm. Es wird wohl meine burleske australische Art sein, weshalb ich Sie trotzdem so elegant fand, daß ich vermutete ...«

»... daß ich aus Frankreich komme. Aber um Ihre Frage zu beantworten: ja.«

»Ja?«

»Ja, ich bin Weißweintrinkerin.«

»Ah. In dem Fall ...«

Er hieß Derek Canter. Er und sein Bruder hatten vor zwei Jahren einen heruntergekommenen Weinberg gekauft, dies und jenes repariert und gebaut und hatten dann begonnen, Wein zu machen. In diesem Jahr hatten sie ihren ersten Weißen produziert, aber sie waren sich nicht ganz sicher, ob sie das Ziel deutlich verfehlt oder aber genau ins Schwarze getroffen hatten. Darum suchten sie schon eine Weile nach einem Europäer mit einer Vorliebe für Weißwein, und so saß ich zwei Tage später auf einer Veranda im McLaren Vale, vor mir ein paar Flaschen und einige Gläser, eine Kanne Wasser und etwas trockenes Brot, um ihr Produkt zu bewerten.

»Aber ich bin nur Amateurin«, sagte ich. »Eine Frau, die im Sommer ein Glas Weißwein trinkt, weil ihr das schmeckt. Ich verstehe absolut nichts von Bukett und einem Hauch Banane hier oder einer Andeutung von Zitrus da.«

»Genau richtig, love. Das ist genau das, was wir suchen: ein ganz normaler Mensch.«

Dereks Bruder war ein schweigsamer Mann mit der Denkfalte eines Philosophen und dem Aussehen eines litauischen Zimmermanns. Er trug eine weite, vielfach geflickte Latzhose aus Jeansstoff und ein verwaschenes Hemd mit einem Winkelriß am Ellbogen. Seine Mütze glich der eines Schaffners, allerdings einer sehr alten und wahrscheinlich mehrmals von einer Lokomotive überfahrenen.

Ich bekam mein erstes Glas und nahm einen Schluck. Vor mir lag das wellige Land. Die hohen Furchen in der roten Erde bildeten eine beruhigende, regelmäßige Struktur, die der Umgebung etwas angenehm Geordnetes gab. Hügel ragten behäbig auf, und unbekannte Baumarten bildeten graue und grüne Fleckchen. Hier und da war ein Weg zwischen den Feldern zu sehen. Es erinnerte stark an Südfrankreich.

Nur schöner, dachte ich, als ob die Natur hier noch echter wäre.

»Nicht übel«, sagte ich zum ersten Glas. »Nicht schlecht, aber doch sehr rund und ... ähm ... blumig. Wie wenn man einen Schluck Eau de Cologne nimmt.«

»Bugger«, sagte Derek. Keith, sein Bruder, zog eine Augenbraue hoch und sah ihn an. Derek entschuldigte sich. Er rieb sich über die Stirn und produzierte ein müdes Lächeln.

»Aber es kann auch an mir liegen«, sagte ich schnell. »Ich bin französische Weine gewöhnt. Meine Mutter lebte in Südfrankreich und ...«

»Was hast du da getrunken?«

»Muscadet ... Weiße Côtes de Beaune. Mercury, erinnere ich mich ... Äh ... Chablis, Meursault ...«

»Hmm.« Er senkte den Kopf, legte die Hand ans Kinn und begann, nachdenklich auf und ab zu gehen. Ich schaute zu Keith, der mit den Achseln zuckte.

Nach einer Weile kam Derek zurück. Er lächelte erleichtert, als habe er gerade ein Problem aus der Welt geschafft, und schenkte mir ein neues Glas aus einer anderen Flasche ein. Ich erhob es, trank und blickte wieder vor mich hin. Wenn ich von diesem hohen Standort aus, wir befanden uns auf halber Höhe eines Hügels, um mich schaute, war es fast, als wäre die Landschaft ein riesiges Bett, in dem ich lag. Was wollte ich eigentlich vom Leben? Was wollte ich mit meinem Leben? Es war schon eine ganze Menge, daß ich überhaupt lebte. Ich wußte sehr gut, wie nah der Sprung gewesen war. In Gedanken hatte ich ihn längst gemacht, und diese Gedanken hatten mir keine Angst eingejagt. Im Gegenteil. Es war mir wie eine sehr gute Methode erschienen, »davon« loszukommen. Was aber ist »davon«? Nicht das Leben. Sylvia? Warum sprang ich nicht? Es war tief genug. Das Fenster war nicht zu hoch. Ich hätte nur einen Fuß aufs Fensterbrett zu stellen brauchen, den anderen Fuß vom Boden zu lösen, mich abzustoßen, nach oben, hinauf und weg und ... Aber ich sprang nicht.

Ich hatte keine Angst vor dem Tod. Ich dachte nicht einmal nach über meinen Tod.

Ich hatte Angst vor dem Sprung.

Ich holte tief Luft. Ich blinzelte und schüttelte den Kopf. Wie ein Hund, der sich das Wasser aus dem Fell zu schütteln versucht, versuchte ich, meine Gedanken loszuwerden. Ich hob das Glas, trank, ließ den Blick über das Tal wandern und versank sofort in den satten Farben, im Rot und Grün und Braun, in der Klarheit von allem, dem sanften Schwung, der durch das Land lief und Mulden schuf, in denen es still und warm war. Der Duft von trockener roter Erde, trockenem Holz und Fruchtbarkeit, ja, das war es, man roch hier die Fruchtbarkeit des Bodens, ich fühlte mich darin aufgehoben wie ein Kind bei einem liebenden Elternteil.

»Was ist das?« sagte ich nach einer Weile. Ich hielt das Glas in die Höhe und blickte auf den darin funkelnden blassen Wein.

»Ah, der hat noch keinen Namen. Der kommt von dem Feld nebenan, wo der alte Brunnen steht. Siehst du?«

Neben dem Weg stand ein Brunnen, fast zu rustikal und halb verfallen. Eine Reihe hoher, blätterreicher Bäume verbarg das dahinter liegende Land fast vollständig in einem Streifen dunklen Schattens. Ich konnte aber noch sehen, daß das Feld nach oben lief, steiler als die Felder in unmittelbarer Nähe.

»Das ist … Das ist etwas ganz Besonderes. Fast würzig. Beinahe pfeffrig, aber doch seidenweich, ganz klar und frisch, mit einem Hauch Gras … Fast etwas Chemisches. Hmm.«

Derek machte große Augen. »Wirklich?«

»Phantastisch«, sagte ich. »Ein Wein, mit dem man sich so richtig betrinken kann.«

Derek lachte und schlug die rechte Faust in die linke Hand. »Yes! We dit it! We bloody well …«

Sein Bruder sah mich schräg an und nickte zur Seite, als wolle er sagen: Er tut keiner Fliege was zuleide.

»Was für ein Wein ist das denn?« fragte ich Keith.

Derek hatte sich mit Luftsprüngen ins Haus zurückgezogen. Wir hörten ihn drinnen »Yes!« und »Bugger!« rufen.

»Riesling«, sagte er. »Da oben ist es kühler. Auch ein

anderer Boden. Ton, Schiefer, etwas Kalk. Wir konnten nichts anderes darauf anbauen. Darum haben wir es mit ein paar Reihen Riesling probiert.«

Ich nahm die Flasche und goß mir noch mal ein. Ich blickte aufs Tal und nickte: eine Landschaft wie ein Bett aus Erde, ein Ort, um sich auszuruhen.

Später am Abend, in einer Dunkelheit, wie man sie nur auf dem Land findet, eine Öllampe zwischen uns auf dem Tisch und die Düfte, die aus den Sträuchern, den Bäumen und der Erde heranwehten, sagte Derek: »You're not a happy girl.«

»Ich bin nicht mal ein Mädchen«, sagte ich, meine Zunge schon etwas schwer vom Wein.

»Hm«, sagte er.

»Hm«, sagte ich.

Wir saßen uns an einem Holztisch gegenüber, das schwankende Licht der Lampe hing wie ein Ball zwischen uns. Keith saß auf der Balustrade der Veranda und rauchte Pfeife.

»Ich weiß nicht, was in deinem Leben passiert ist, aber was du brauchst …«

Ich spürte, wie Panik aufflatterte. Ich konnte sogar das Geräusch eines aufgeschreckten Krähenschwarms hören, der von der Krone einer großen Eiche aus das Weite sucht.

»… ist ein Walkabout.«

»Was?« sagte ich, nach Luft schnappend. »Was?« Meine Stimme klang schrill, mein Herz hämmerte.

Für einen Moment war mir bewußt geworden, in welcher Situation ich mich befand: ich, hier, im Süden Australiens, irgendwo im Nichts, auf der Veranda eines Holzhauses, mit zwei mir völlig unbekannten Männern. »Walkabout?«

Er trank sein Glas aus und stellte es nachdrücklich ab. »Ein kleiner Spaziergang«, sagte er.

»Ein kleiner Spaziergang?« Ich lachte nervös. »Ich bin in Australien. Wie groß kann hier ein kleiner Spaziergang sein?«

Er lächelte und nickte. »Das war ein Flug«, sagte er. »Ein Walkabout ist ein kleiner Spaziergang.«

»Aber ...«

»Der bis zu einem Jahr dauern kann.«

Ich sah ihn an, ob er grinste. Dann schaute ich zu Keith, aber der rauchte seine Pfeife und starrte in die Ferne. Mir war, als hätte es mich in ein Norman-Rockwell-Bild verschlagen.

»Ein kleiner Spaziergang von einem Jahr«, sagte ich.

»Keith, der ist letztes Jahr noch gegangen. Wie lang warst du weg, Keith?«

Keith nahm die Pfeife aus dem Mund und rieb sich kurz mit der linken Hand übers Kinn. »Drei Monate, ungefähr«, sagte er.

»Lieber Gott.«

»Ab und an braucht man das«, sagte Derek.

»Und wo geht man dann hin, wenn man auf ... einen Walkabout geht?«

»Na ja, meistens in die Wildnis.«

Ich schüttelte den Kopf. In meinem Glas war noch ein kleiner Schluck. Ich trank den lauwarmen Rest, holte tief Luft und sagte: »Du willst also sagen, daß ich, eine fünfunddreißigjährige Frau, allein durch die Wildnis ziehen soll? Hier? In Australien?«

Er schüttelte den Kopf. »You wouldn't last a week.«

Ich sah ihn unter meinen Augenbrauen hervor an und wartete.

»Wildnis ist nur eine Idee. Manche Menschen, wie zum Beispiel Keith hier, die brauchen den Busch. Die müssen die Einsamkeit und die Kraft der Natur spüren. Für andere ist die Wildnis nicht ein Ort, sondern ein Gefühl, eine Daseinsform.«

»Mein Gott«, ächzte ich. »Ich bin nach Australien gekommen, um allem zu entfliehen, und jetzt sitze ich hier mit einem Weinbauern, der von der Wildnis als einem Seinszustand spricht.«

»So ist er«, sagte Keith von der Balustrade her, ohne sich umzudrehen. »Einfach ignorieren.«

Derek erhob sich und nahm die Öllampe in die Hand. »Was ich sagen will, ist, daß du hier vielleicht eine Zeitlang arbeiten solltest. Wir können jemand brauchen, der zupacken kann, und ich habe großes Vertrauen zu dänischen Frauen ...«

»Dutch«, sagte ich. »Holländischen.«

»I know. Just teasing. Ich habe das Gästezimmer für dich hergerichtet. Frühstück ist um acht Uhr. Pünktlich. Und ich warne dich schon jetzt. Keith cooks a mean breakfast.«

»Kein Frühstück«, sagte ich, »sondern einen Zustand von Eiern und Speck, nehme ich an?«

Er grinste und ging mir voran ins Haus, wie ein Schlafwandler, der hinter einem schwankenden Lichtball herläuft.

Als ich kurz darauf in meinem Zimmer stand, die Holzwände sanft im Schein der Bettlampe, eine einfache Flickendecke als Überwurf, sah ich mein Spiegelbild im schwarzen Rechteck des Fensters. Mein Haar war stark gewachsen und außer Form. Ich sah sehr lang aus. Lang, einsam und hoffnungslos. Ich ging zum Fenster. Mein Spiegelbild verschwamm, hinter der Scheibe tauchte der tiefe Einschnitt des Tals auf, kaum sichtbar im Mondlicht.

Plötzlich wußte ich, warum ich nicht gesprungen war, damals in Avignon.

Liebe, dachte ich dort im fernen Australien, ist ein Sprung ins Ungewisse, in die Tiefe, ein Kopfsprung in die Hoffnung und Erwartung, daß dort, im bodenlosen Schwarz unter dir, jemand ist, der dich auffängt. Dazu, zu dieser tollkühnen Hingabe, diesem flirrenden Verlust von Angst und Beherrschung, diesem vollständigen Sichhineinwerfen in das, was man hofft und erwartet, dazu hatte mir der Mut gefehlt. Ich hatte Angst gehabt, daß dort jemand stehen würde.

3

Herr Appelmans war nicht nur momentan unauffindbar, er war verschwunden. Ein junger Mann vom Service kam nach oben und berichtete mir das. Er habe eine Zeitlang laut an die Tür geklopft, sagte er mit einem Blick, der suggerierte, daß er das alles ziemlich merkwürdig fand, eine Inhaberin, die sich in ihrem Appartement eingeschlossen hat, und ein spurlos verschwundener Maître.

»Was verstehst du unter weg? Ich habe noch mit ihm gesprochen, bevor ich nach oben ging«, sagte ich, eine Spur verärgert.

»Frau Tinhuizen«, sagte der junge Kellner. »Das war vor einer Stunde. Wir haben Sie die ganze Zeit gesucht.«

Wir befanden uns auf dem Weg nach unten, als ich auf der zweiten Etage von fern die Stimme des Mannes hörte, den ich den »Oberst« nannte. »Wir kommen hier nie mehr weg«, sagte er. Eine Frauenstimme murmelte etwas Unverständliches.

»Gesucht?« rief ich. »Wieso? Ich habe Leo gesagt, daß ich mir etwas Sauberes anziehen wollte. Er wußte, daß ich oben war. Und ich bin doch keine Stunde ...«

Aber ehrlich gesagt hatte ich keine Idee, wie lange ich oben gewesen war. Ich hatte die Tür geöffnet, und da, die Klinke noch in der Hand, ich spürte es jetzt wieder, hatte mich der Schmerz von früher durchzuckt. Wie lange hatte ich, die nicht ganz geschlossene Tür im Rücken, dagestanden? Ich weiß, daß ich mich irgendwann auf dem Balkon wiederfand, auf die Brandung starrend, die im Mondlicht als vager Strich leuchtete. War es auch schon so dunkel gewesen, als ich mein Appartement betrat?

In der Küche rief ich Leo.

»Was weißt du von Appelmans? Wo steckt er?«

Er zuckte mit den Achseln und gab sich keine Mühe, irgendein Interesse vorzutäuschen.

»Wo ist er zum letztenmal gesehen worden?« fragte ich. Das war eine komische Frage, eine, die nicht zu Appelmans' steifer Würde paßte. Als ob er mit Eimerchen und Schäufelchen ans Wasser gelaufen wäre und die Lautsprecher jeden Moment knacken könnten, um durchzugeben, daß Jantje Appelmans sich bitte bei seiner Mutter melden möge.

Wie hieß er eigentlich mit Vornamen? Warum war er für uns Appelmans geblieben, warum nannte die schwarze Brigade ihn sogar »Herr«? Ich nahm es mir übel, daß ich eine Situation hatte entstehen lassen, in der jemand kein Teil des Kollektivs geworden war, in der wir ihn ausgesondert hatten und er sich hatte absondern können. Trotz seiner Position war Appelmans von jedem die Lieblingszielscheibe für Spott und Frotzelei, und er hatte sich in diese Rolle geschickt, als bestärke ihn das in seiner schon länger gehegten Meinung, wonach die Welt dumm und gemein war, etwas, was weit unter seiner Würde lag. Wir waren alle schuld an dieser Situation, aber ich am meisten. Ich war die Chefin, ich hätte es verhindern müssen.

»Er benahm sich schon den ganzen Tag ...«, sagte der junge Kellner, der mich von oben geholt hatte.

»Wie benahm er sich?«

Der junge Mann sah leicht verlegen auf.

Wie hieß er? Wie lange arbeitete er schon bei uns? Warum wußte ich das nicht? Warum wußte ich die Antwort auf so viele Fragen nicht? Sollte eine Frau von sechzig das Leben nicht allmählich verstehen? Ich merkte, daß mich Müdigkeit überkam. Ob der junge Mann daran schuld war oder die Erkenntnis, daß ich versagt hatte, ich weiß es nicht.

Ich deutete zur Tür. Wir gingen aus der Küche.

»Als ob er irgendein Problem hätte«, sagte der Kellner.

Appelmans? Als ob er irgendein Problem hätte? Der Gedanke an ihn und sein Gefühlsleben war so verwirrend, daß plötzlich der starke Wunsch in mir aufkam, ich wäre nicht hier. Alles wurde mir zuviel, Leo und sein griesgrämiges Gegrummel hinter den dampfenden Töpfen, das großkotzige Gebaren halb betrunkener Geschäftsleute, zusammenbrechende Familienfeste, junge Männer, die auch nichts wußten. Ich verspürte ein übergroßes Bedürfnis danach, mir die Haare zu waschen, das volle Programm: eine Ölkur, spülen mit Rosmarinwasser, sanft trocknen mit einem großen, weichen Handtuch ...

Als ob er irgendein Problem hätte ...

So lange ich mich erinnern konnte, war ich von Männern umgeben gewesen, und ausnahmslos hatten sie ihrer Hilflosigkeit die Form von etwas Ödipalem gegeben. So auch an diesem Abend. Ich fühlte, daß ich versagte, als Direktorin, als Managerin, als Chefin. Ich wurde von diesen Männern um mich herum als biologischer Mittelpunkt des Mitgefühls, des Interesses und der Fürsorglichkeit beansprucht. Wer aber, dachte ich, kümmert sich zur Abwechslung mal um mich? Wer ... Es war ein Gedanke, den ich nicht zu Ende denken wollte, weil ich nicht wußte, ob ich gegen die Mischung aus Wut und Kummer gefeit war, die er heraufbeschwören würde.

»Wo habt ihr gesucht?«

Ich sah mich um, während der junge Kellner in Gedanken eine Liste aufstellte. Sechs Tische waren noch besetzt, zwei Ehe- oder sonstige Paare, eine Gruppe von drei Männern und zwei Frauen, zwei Freundinnen, die alle zwei Monate hierherkamen, und noch zwei Tische mit je drei Personen. Ich machte mir keine Sorgen über den Verlauf des Abends. Die Gäste würden uns den Aufruhr rund um das Hochzeitsessen nicht übelnehmen. Im Gegenteil, so etwas würden sie nur interessant finden, vor allem weil wir es gelassen aufgenommen und die Wogen mit Champagner geglättet hatten. Und Appelmans würden sie nicht vermissen. Er war die Art von Maître, der einem Lokal Stil verleiht, aber andererseits schüchterte er die Gäste auch mit seiner herablassenden Art ein. Manchmal war ich gerade vorbeigegangen, wenn er an einem Tisch stand. »*Und Sie trinken dazu den Vouvray? Tja ... eine sehr ... originelle Kombination.*« Selbst ich war leicht zusammengezuckt.

Ich betastete meine Augenbraue, die nicht schmerzte, aber spannte. Ich fragte mich, ob ich eine Narbe behalten würde, und gleich darauf, ob mir das etwas ausmachen würde. Oben, daran erinnerte ich mich noch, hatte ich mich beim Umziehen in dem großen Spiegel betrachtet. Manchmal gelang mir das mit der Distanz eines ungerührten Fremden. Es war nicht angenehm, sich so zu betrachten. Gott weiß, daß Frauen schmeichelnde Spiegel und sympathisches Licht lieben. Doch von Zeit zu Zeit braucht es den chirurgischen Blick, und an diesem Abend hatte ich ihn gehabt.

Eine sechzigjährige Frau. Lang, schlank. Gut erhalten, wie man das nennt. Nicht hübsch. Jedenfalls nicht im landläufigen Sinn. Ein regelmäßiges Gesicht mit ausdrucksvollen dunklen Augen, ohne daß man wußte, was sie ausdrückten. Hochgestecktes schwarzes Haar, graumeliert. Durch und durch untadelige, elegante Würde. Frau Dingsbums ...

Der junge Kellner sah mich prüfend an.

»Alles in Ordnung?« sagte er.

Ich nickte.

»Warum fragst du?«

»Sie haben plötzlich so ein ... bestürztes Gesicht gemacht.«

Ich runzelte die Stirn und sah ihn mir genau an. »Du bist sicher Student?«

Er nickte.

»Und was studierst du?«

»Niederlandistik. Das heißt, ich schreibe meine Abschlußarbeit über die Stellung des Ägidiuslieds in der höfischen Literatur.«

Er machte ein etwas schafsnasiges Gesicht.

»Mein Gott«, sagte ich.

»Ja, tut mir leid.«

»Nein, ich meine ...«

Ich nahm mich zusammen und sah mich noch einmal um.

»Appelmans, wohin entschwandst du mir«, sang ich.

Der studentische Kellner sah mich mit großen Augen an.

»Hopp«, sagte ich. »An die Arbeit. Appelmans wird

schon wieder auftauchen, und dann sehen wir, was wir machen. Jetzt haben wir noch Gäste, um die wir uns kümmern müssen.«

Er nickte, aber als er sich von mir entfernte und in den Saal ging, sah ich, daß er sich noch einmal über die Schulter umblickte. Es mußte ihn tief erschüttert haben, daß ich das Ägidiuslied kannte.

Ich ging in die Küche und von dort weiter in den Raum, in dem die Mäntel der Angestellten hingen. Weil es schon seit einigen Tagen sehr warm war, hatte fast keiner einen Mantel mitgenommen, und im übrigen hatte ich auch keine Ahnung, welcher Mantel Appelmans hätte gehören können. Während ich noch etwas unschlüssig dastand, ging die Tür auf. Leo kam herein, grinste müde und ließ sich auf die Holzbank unter der Garderobe fallen. Er zog eine Zigarette aus seiner Brusttasche, zündete sie an und begann leise ächzend zu rauchen.

»Leo«, sagte ich.

Er sah mich fragend an.

»Warum hast du nicht gesagt, daß ich oben bin, als man mich gesucht hat?«

Er zuckte mit den Achseln.

»Leo?«

Er richtete sich auf und straffte die Schultern.

»Ach«, sagte er, »diese ewige Nerverei ... Ständig ist was, wofür sie dich brauchen, und meistens würden sie es auch allein schaffen.«

Ich sah ihn an. Er saß, wie eine Art Michelinmännchen im weißen Kochanzug, zusammengesackt da und rauchte, die Unterarme auf den Oberschenkeln, den Rücken gekrümmt, den Kopf etwas gehoben, so daß er mich unter den Augenbrauen hervor gerade noch sehen konnte.

»Das ist sehr fürsorglich von dir, Leo, aber mir wäre es lieber, wenn du es mir überläßt, ob ich gefunden werden will. Ich habe hier ein Geschäft zu …«

Er zog die Augenbrauen in die Höhe und nahm einen Zug von seiner Zigarette, die er in der Höhlung seiner Hand halb verbarg.

»Leo?«

Er stand auf und nickte. Er hörte gar nicht mehr auf zu nicken.

»Leo!«

»Laura«, sagte er, während er seine Kippe unter dem Wasserhahn löschte, »du weißt noch nicht mal, was gut für dich ist, wenn du ersäufst und jemand dir einen Rettungsring zuwirft.«

Er stand vor mir in all seiner enormen Weiße und bedachte mich mit einem Blick, der zwischen Mitleid und Mitgefühl schwankte. Ich fühlte mein Herz so heftig hämmern, daß meine Brust schmerzte.

Gerade als ich den Mund aufmachen wollte, um etwas zu erwidern, flog die Tür auf, und der Junge, der für die Desserts zuständig war, stolperte über die Schwelle.

»Leo ... Frau Tinhuizen ... Wir ... Sie ... Herr Appelmans ...«

Leo zog eine Augenbraue hoch und warf ihm einen skeptischen Blick zu. Der Junge stand auf und sah ihn scheu an, als erwartete er, daß Leo ihn jeden Moment packen könnte.

»Der Keller ...«

Ich sah zu Leo, zum Jungen und dann wieder zum Koch, der zustimmend zu nicken schien, als ob ihm der Keller als ein sehr logischer Aufenthaltsort für Appelmans vorkäme.

Der Keller ist eine Garage, die unter dem Hotel liegt und früher, als das Hotel noch ein Landhaus war, dazu benutzt wurde, mindestens drei Autos darin unterzustellen. Heute stehen dort unsere nicht verderblichen Vorräte, Terrassenstühle, die repariert werden müssen, kaputte Betten und ein paar Fahrräder, die wir für Stammgäste verwahren. Während wir dorthin gingen, durch die Küche, wo Leo schreiend noch ein paar Anweisungen erteilte, ins Treppenhaus, nach unten, befragte ich den Jungen. Wer hatte ihn entdeckt und wann?

Eigentlich hatte ihn niemand entdeckt. Der Junge war nach unten geschickt worden, um Eisbecher zu holen, und als er in den Regalen nach dem richtigen Karton suchte, hatte er Gemunkel gehört.

»Ge-was?«

Der Junge sah mich ertappt an.

»Reden ... Ich hörte jemand leise reden.«

Hinter den Regalen, auf einem halb kaputten Terrassenstuhl, hatte er Appelmans gefunden, blau wie ein Veilchen.

»Was hat er gesagt?«

Der Junge schüttelte den Kopf.

»Hat er nichts gesagt? Was hat er denn dann gemunkelt?«

Er blickte zu Boden und zog die Schultern hoch wie ein Kind, das weiß, es könnte jetzt jeden Moment einen Fehler eingestehen. Er murmelte etwas Unverständliches.

»Was?«

»Er hat ein Lied gesungen.«

Appelmans?

»Was für ein Lied?«

Wir standen vor der Kellertür, und es war schon nicht mehr nötig, weiter in den Jungen zu dringen, denn von drinnen ertönte, alles andere als munkelnd, Gesang aus voller Brust.

Ich öffnete die Tür und machte das Licht an. Appelmans saß hingelümmelt auf einem Terrassenstuhl, eine Flasche Wein in einem Kühler neben sich auf dem Boden und ein Glas in der Hand. Er hatte seine Fliege gelöst. Sie hing wie ein angeschossenes Wild auf seinem weißen Hemd, an dem die obersten drei Knöpfe offen waren. Das wenige Haar fiel ihm strähnig ins Gesicht, und seine Augen versuchten einen

Punkt zu finden, um sich daran festzuhalten, allerdings ohne Erfolg.

»Herr Appelmans!«

Er schielte zu uns herüber und schien gründlich nachzudenken. Dann zog er die Augenbrauen hoch und lächelte breit. Er hatte auf einmal Ähnlichkeit mit Stan Laurel, wenn es für ihn eng wird. Es hätte gerade noch gefehlt, daß er sich im Haar kratzte.

»Ja«, sagte er nach einer Weile. »Herr. Abbel. Manns.«

Er lachte laut, hustete dann eine Weile und erhob das Glas. Er kippte den Inhalt auf einmal hinunter, blieb kurz mit geschlossenen Augen sitzen und sagte dann: »Denau am richigen Ohrt.« Während er das Glas auf den Boden stellte, begann er leise zu summen, und als er wieder aufrecht saß, brüllte er aus voller Brust das Lied, dessen Melodie wir bereits gehört hatten, als wir vor der geschlossenen Tür standen, die Worte aber noch nicht verstehen konnten.

Mädchen mit gespreizten Beinen
Erwarten sehnsüchtig den einen!

Ich sah mich um. Leo grinste wie ein Pferd im Gemüseladen.

»Hol Kaffee! Und ruf ein Taxi, das ihn nach Hause bringt.«

Appelmans versuchte, aus seinem Stuhl hochzukommen. Auf halbem Wege blieb er stecken, auf seine rechte Hand gestützt, als hätte er plötzlich vergessen, wie es weiterging.

»Nein«, sagte er, atemlos. »Nich nahaus. Gehnich.«

»Kaffee«, sagte ich. »Schau, ob Zimmer vier noch frei ist.«

Leo und sein Stift verschwanden aus dem Keller, Appelmans ließ sich wieder auf seinen Stuhl fallen. Er blinzelte müde in das Neonlicht. Seine Haut war grau. Es war nicht viel übrig von dem überheblichen Maître, der sich zu fein vorkam für die Neureichen, die er bedienen mußte. Das Neonlicht verlieh den gefliesten Wänden einen harten Glanz, wodurch es schien, als wären wir in einem Krankenhaus oder, besser noch: einer Leichenhalle.

Ich hatte lange nicht mehr daran gedacht, aber jetzt kehrte er zurück, jener Ort, vor fünfundzwanzig Jahren. Ein zurückgeschlagenes Laken und Sylvias fast ebenso weißes Gesicht.

Nein, das stimmt nicht, dachte ich. Ich habe sie nicht im Leichenhaus gesehen. In meinem Zimmer ist das gewesen, unserem Zimmer, halb auf dem Sofa, das weiße Kleid zerrissen, rot, ihr weißes Gesicht blutverschmiert.

War meine Erinnerung denn so verzerrt, daß ich in Fernsehfilmszenen dachte?

»Nich nahaus«, murmelte Appelmans auf seinem Terrassenstuhl.

Die Wölbung ihres Bauchs und ihre Hand, zwischen den Rissen im Kleid, auf ihrem Bauch.

Diese Erinnerung war doch wohl richtig?

Überall Rot.

Die Hand eines Polizisten, die nach hinten deutete, wo ein anderer Polizist saß und ein blutbespritzter Alfred manisch auf und ab ging, den Mund geöffnet, Arme schlaff am Körper, eine Marionette, aus der das Leben gewichen war.

Rot.

»Kannich nahaus«, sagte Appelmans.

Ich blickte ihn an, aber er sah mich nicht. Er saß vornübergebeugt da, die Unterarme auf die Knie gestützt, und starrte auf seine Schuhspitzen.

»Ach Mann«, sagte ich. »Stell dich doch nicht so an.«

Ich rückte einen Stuhl heran, setzte mich und ignorierte den trägen, erstaunten Blick des Maître.

4

Derek, Keith und ich brauchten drei Jahre, um das Weingut auf Vordermann zu bringen. Wir arbeiteten so hart, daß ich abends vor Müdigkeit nicht weinen konnte. Nach einer Weile merkte ich, daß ich auch nicht mehr weinen konnte, wenn ich nicht müde war. Eine Art Betäubung hatte sich auf mich gelegt. Der Schmerz war zwar noch präsent, schien aber weit entfernt, verzerrt, eher ein Bewußtsein als ein Gefühl. Und allmählich waren nicht nur der Schmerz verzerrt, sondern auch die Ereignisse, die ihn verursacht hatten, und, zuletzt, sogar die Personen. Am Ende meiner Zeit in Australien konnte ich mich nur noch bruchstückhaft an Sylvia erinnern: die Rundung ihrer Hüfte, ihre Stiefel, und wie sie ausgesehen hatte, als sie die einmal nackt trug, wie sie den Hals gereckt hatte, um jemanden in der Ferne zu sehen. Von ihrem Gesicht war mir nur ein Vergleich geblieben: eine Figur von Giotto, die gesenkten Lider auf den Fresken von Ambrogio Lorenzetti. Es war der Vergleich, den ich einst angestellt hatte, um sie besser sehen zu können. Jetzt verstellte er mir den Blick auf die wirkliche Sylvia.

Tagsüber arbeiteten wir in der Sonne, will sagen: Derek und Keith und eine Handvoll Arbeiter schufteten draußen, und ich erledigte die Büroarbeiten und machte Frühstück, Mittag- und Abendessen. Ich lernte, wie Wein hergestellt wird und wie man für sieben, zwölf, vierundzwanzig Leute kocht. Abends saßen wir zu dritt auf der Veranda, wo Keith schweigsam an seiner Pfeife sog und Derek an mir seine Erklärungen für das Welträtsel und das Gestümper des Menschen testete. An unseren letzten Abend erinnere ich mich noch am besten.

Keith hatte gekocht, was darauf hinauslief, daß er Salate zubereitet und Kartoffeln und große Fleischstücke gegrillt hatte. Nach dem Essen hatte es Eis gegeben, und als wir Kaffee getrunken hatten, verschwand Derek im Keller, um nach einer Weile mit ein paar staubigen Flaschen zurückzukommen, die in die von Keith bereitgestellten Kühler wanderten.

»Unser erster Riesling … Ich habe ein paar zurückgelegt für einen besonderen Anlaß.«

Der Wein war noch immer blaß und duftete nach Gras, aber man hatte den Eindruck, als habe sich all das, was vor drei Jahren auch schon in ihm enthalten gewesen war, erst jetzt wirklich miteinander verbunden. Eine schwindelerregende Harmonie war entstanden.

»Bloody hell!« sagte Derek nach dem ersten Schluck.

»Steady, mate«, sagte Keith.

»Ich glaube, ich fand schon vor drei Jahren, daß das ein Wein ist, mit dem man sich so richtig betrinken kann«, sagte ich.

Derek und Keith nickten.

»Ich glaube, jetzt ist er gefährlich.«

Wir tranken die erste Flasche mit der tiefen Andacht von Forschern, die etwas ganz Neues entdeckt haben. Die zweite Flasche zauberte Fröhlichkeit und Erinnerungen hervor. Wer an jenem Abend irgendwo in den Feldern gestanden hätte, hätte sich über unser Lachen gewundert, das über die Weinstöcke perlte. Nach der dritten Flasche glitt eine Trunkenheit über uns, die so mild und freundlich war, daß wir alle drei ganz gerührt wurden. Keith fing mit einer unzusammenhängenden Geschichte von einem Hund an, den er mal gehabt hatte, brach aber auf halber Strecke mit der Mitteilung ab, er müsse »mal kurz nach hinten«. Derek gestand mir, er sei mal verheiratet gewesen, fast zehn Jahre sogar, und habe die ganze Zeit über gedacht: Was tue ich da in Gottes Namen? Der Mond zog wie ein blindes Auge über den violetten Nachthimmel. Es roch nach trockenem Holz und noch trockenerer Erde.

»Und du, Laura ...«, sagte Derek schließlich. Keith war wieder zurück, rauchte seine Pfeife und starrte auf die Weinfelder, die sich hinter der Veranda den Hügel hinunterzogen. »Hat dir dein Walkabout geholfen, was meinst du?«

Ich hatte Mühe, meinen Blick zu fokussieren. Ich schielte in seine Richtung und runzelte die Stirn, als versuchte ich mich an etwas zu erinnern.

»Oder möchtest du noch eine Weile bleiben? Sag doch: Wie lange willst du bleiben?«

Plötzlich gab es einen Kurzschluß. Es war, als stäche mir jemand eine Stricknadel in den Kopf. Schwarzes Licht zerbarst in der dunklen Abendluft.

Die Pensionswirtin verließ mein Zimmer. Ihre Frage schwebte noch darin, wie der Rauch einer ausgedrückten Zigarette.

Wie lange wollen Sie bleiben?
Sie können so lange bleiben, wie Sie wollen.
Das geöffnete Fenster.

»Laura? Are you allright? Keith, get a cloth and some ice. Laura?«

Derek schüttelte mich sanft an der Schulter.

»Alles in Ordnung. I'm ... fine. Ich war kurz weg.«

Keith kam mit einem Geschirrtuch voller Eiswürfel zurück. Ich sagte, er solle sie in den Eimer mit dem Riesling schütten. Er sah mich an, wie er seine Weinstöcke ansah, wenn ihm irgend etwas nicht ganz geheuer vorkam.

»Was war? Du hast ein Gesicht gemacht, als hättest du ein Gespenst gesehen«, sagte Derek. »Kannst du morgen überhaupt reisen?«

»Erinnerung«, sagte ich. »Bloody Riesling. Can I have some more?«

Ich trank und dachte nach unter den aufmerksamen Blicken der beiden Männer, die mich während der letzten drei Jahre ohne Kommentare und lästige Fragen in ihrem Haus und Betrieb aufgenommen hatten und mich jetzt besorgt wie Krankenpfleger in Ausbildung ansahen. Nicht im Traum wäre es mir eingefallen, sie jetzt noch mit einer Geschichte zu behelligen.

»Gentlemen«, sagte ich und erhob mein Glas. »Ihr habt etwas ganz Besonderes kreiert. Einen Wein, der das stumme Gedächtnis zum Sprechen bringt.«

Wir stießen an, tranken und sprachen über den besonderen »Gedächtniswein«, den Derek und Keith »kreiert« hatten.

Später an jenem Abend, als wir im Begriff waren, schlafen zu gehen, und ich die Tür schließen wollte, sah ich Derek. Er lehnte über der Balustrade und starrte nach unten. Als er mich hörte, drehte er sich um. Eine schwarze Silhouette vor dem dunklen Nachthimmel. Ohne daß wir die Augen des anderen sehen konnten, wußten wir, daß wir uns ansahen. Ein Vogel war zu hören über dem weiten Talhang, ein Vogel, der einen anderen Vogel rief. Da bewegte sich Derek. Er steckte die Hände in die Taschen und sah zu Boden.

»Ich bin kein Mann für die Ehe, Laura. Aber du hättest eine Frau für mich sein können.«

Ich stand auf der Schwelle, den Griff der Fliegentür in der Hand. Es war kein Antrag, das wußte ich. Es war ein Vorschlag. Ein Vorschlag, der auf dem Gedanken basierte, daß wir vernünftige, kluge Menschen waren, die zueinander paßten, Menschen, die einander das Leben nicht schwermachen würden, die es gut haben konnten in der Gesellschaft des anderen. Es sprach vieles dafür. Objektiv und rational war möglicherweise nicht einmal etwas dagegen einzuwenden.

»Ich danke dir, Derek. Ich fühle mich geehrt durch das Kompliment. Aber so wie du kein Mann für die Ehe bist, bin ich keine Frau für Männer.«

In meinem Zimmer saß ich eine Weile auf dem Rand meines schmalen Betts und dachte nach. Als ich zur Seite schaute, sah ich mich in dem Spiegel, der auf der Kommode stand. Ich berührte die Linie meiner Kieferpartie und fuhr mit den Fingerspitzen über mein Gesicht, von links nach rechts, während ich zuschaute.

Jemand, der für niemanden taugt, dachte ich: jemand, der nichts mehr ist.

...

Ich hatte gewußt, nein gespürt, daß ich nicht würde bleiben können, nie, nirgends, daß es für mich keinen Ort mehr gab, wo ich bleiben konnte, daß ich von Ort zu Ort würde wandern müssen, um ... Ja, um was? Um kein Leben zu haben, wie Sylvia? Oder um nie mehr glücklich sein zu können? Um zu verhindern, daß ich je noch einmal glücklich wäre?

Ich erinnerte mich in jenen Tagen nach dem Trinkgelage mit Derek und Keith an Einzelheiten, die ich vergessen zu haben glaubte. Ich sah Sylvia nicht schärfer vor mir als zu Anfang; nein, es war, als entdeckte ich verlorene Teile des Puzzles, freilich im Wissen, daß ich nie mehr finden würde als diese Bruchstücke. Das Ganze war für immer verschwunden.

Ich saß auf dem Flughafen und wartete, und während ich auf die verschwommene Bergkette in der Ferne starrte, erinnerte ich mich, daß wir einmal nebeneinander im Bett gelegen hatten, sie umfangen von meinem rechten Arm, ihr Kopf in meiner Schultergrube, dieser Mulde, die vom Raum zwischen Schultergelenk, Schlüsselbein und Brust gebildet wird. Und daß sie sagte: »Wie gut wir ineinanderpassen, nicht?«

Im Halbschlaf, im Flugzeug, schrak ich vom Sicherheitsgurtsignal auf und wußte sofort, woran ich mich halb träumend erinnert hatte: daß ihr nachts einmal übel geworden war und sie vor der Toilette gekniet hatte und ich ihr Haar zur Seite gehalten und die schwitzige Kälte ihres Körpers gespürt hatte und dachte: Das will ich immer tun, sie wärmen.

Ich schloß die Augen und sah mein Glück in Scherben fallen ...

Wie sie ihre Fußnägel im Sonnenlicht lackierte.

Ein Kuß, der nach Kirschen schmeckte.

Als sie ihr eigenes Echo in der Unterführung beim Rijksmuseum nachahmte.

Daß sie einen Kuß auf meinen Rücken drückte, dort, wo der Po aufhört und das Rückgrat beginnt.

Wie frühlingstrunkene Schmetterlinge flatterten sie durch meinen Kopf, diese Erinnerungsfetzen. Im Taxi nach Amsterdam. Im Hotel, in dem ich untergeschlüpft war, bis ich ein Haus gefunden hätte. Wenn ich durch die Stadt ging und um mich blickte.

Ich fühlte mich wie ein Raum in einem alten Haus, in dem die Farbe von der Decke blättert und langsam zu Boden fällt. Einmal würde der Tag kommen, an dem der Verfall meines Gedächtnisses abgeschlossen sein würde und keine Farbsplitter mehr herabrieseln würden.

...

Als ich die Niederlande verließ, war es gerade noch 1975, und wir lebten im sonnengesprenkelten Schatten der sechziger Jahre. Jetzt kam ich zurück, es war April 1979, und ich hatte den Eindruck, es habe mich in ein anderes Zeitalter verschlagen. Große Gebäude waren von Hausbesetzern okkupiert. Auf der Straße gingen Leute mit Sicherheitsnadeln in den Ohren, sie trugen schwarze Klamotten, übersät mit Buttons.

Der Verkehr war nervös und hektisch, die Menschen nicht weniger. Es herrschte eine Stimmung bitterer Enttäuschung. Die Zeitungsschlagzeilen, die ich las, sprachen nur von Arbeitslosigkeit, Wohnungsnot, wirtschaftlicher Flaute. Es dauerte Wochen, bis ich begriff, was mit den dösigen Niederlanden passiert war, die ich verlassen hatte, und daß sich sehr viel und gleichzeitig sehr wenig geändert hatte. Es gab eine Krise, aber Krisen hatte es schon öfter gegeben. Es gab Wohnungsnot, aber ich konnte mich nicht entsinnen, daß es die jemals nicht gegeben hätte. Die Jugendbewegung, wie die Sozialarbeiter und die Politiker es nannten, hatte inzwischen ein anderes Gesicht, aber die Empörung und die Ideale waren noch die gleichen. Was sich verändert hatte, war die Art und Weise, in der diese Empörung und diese Ideale Gestalt annahmen. Die Zeit der Blumen und Sit-ins war offenbar vorbei. Der Staat hatte einen Gegner bekommen, der dem Spielplatz entwachsen war.

Ich fühlte mich unbehaglich und fremd in den Niederlanden der späten siebziger Jahre. Es war ein zorniges Land mit zornigen Menschen, die sich benachteiligt fühlten, und ich konnte einfach nicht dahinterkommen, warum es so war. Ja, es gab Arbeitslosigkeit, aber wer nicht arbeitete, brauchte nicht zu verhungern. Ja, es gab Wohnungsnot, aber es war nicht so, daß Menschen auf der Straße schliefen (das sollte erst zwanzig Jahre später ein verbreitetes Phänomen werden). Ja, es gab eine wirtschaftliche Flaute, aber ich erinnerte mich aus meiner Gymnasialzeit, daß diese Perioden sich mit der eisernen Regelmäßigkeit jahreszeitlicher Wechsel einstellten. Was war los mit diesem sozialdemokratischen Paradies, daß jeder mit dem Geschmack von Fäulnis im Mund herumlief? Ich fand, es war ein verwöhntes Land verwöhnter Menschen geworden, ein enttäuschtes Land, weil es an Versprechen hinsichtlich des Lebens geglaubt hatte, die so nie gegeben worden waren.

Ich hätte mich wahrscheinlich daran gewöhnt und mich wieder von der Zeit und meiner Umgebung aufnehmen lassen, wäre ich nicht Janine begegnet.

Damals wohnte ich in einem Hotel in Amsterdam Oud-Zuid, und weil ich nichts zu tun hatte, außer mich wieder an meine Geburtsstadt zu gewöhnen, ging ich oft durch den Vondelpark in die Innenstadt. Eines Nachmittags stieß ich, in Gedanken versunken, beinahe mit ihr zusammen. Ich konnte gerade noch zur Seite treten, um ihr auszuweichen. Ihre Papiertasche, voll mit Einkäufen, streifte mein Bein. Wir blieben beide stehen.

»Ich glaube, das nennt man near miss.«

Sie lachte. »Beinahe verfehlt ist beinahe getroffen«, sagte sie.

Ich ging schon weiter, als ich das Getöse von fallenden Dosen und zerbrechendem Glas hörte. Ich drehte mich um und sah, daß der Boden ihrer Tasche gerissen war. Der Inhalt war auf die Straße geplumpst und rollte nun über den Fahrradweg, unter Sträucher und ins Gras. Ich hob eine Konservenbüchse auf und half ihr dann, den Rest einzusammeln. Wir hatten eine Weile damit zu tun, und es endete damit, daß ich, die Arme voller Einkäufe, mitging und fünf Minuten später Kaffee bei ihr trank.

Janine, ihr strahlendes Lachen, ihr volles rotbraunes Haar, ihre durchdringenden dunklen Augen, ihr großer, wohlgeformter Körper. Wenn ich sie ansah, kam alles in mir in Fluß. Manchmal gingen wir durch die Stadt und machten, was Freundinnen so tun, und dann stellte ich mir vor, wir wären Verliebte.

Eines Abends gingen wir in dem Restaurant essen, in dem ein Bekannter von mir als Sommelier arbeitete. Es war ein heißer Sommer und dieser Tag der vielleicht wärmste seit Wochen. Schon im Park, unter den Bäumen, hatte ich das Gefühl, ich hätte keinen trockenen Faden mehr am Leib. Janine ging neben mir in einem weißen Gazekleid, das wie eine Nebelschwade um sie schwebte. Wenn wir durch den Lichtkreis einer Laterne gingen, sah ich vage die Konturen ihres Körpers.

»Das gibt noch ein Gewitter«, sagte sie.

In der Ferne war tatsächlich leises Grummeln zu hören.

»Vielleicht zieht es vorbei. Oder es kommt nicht soweit. Die letzten Tage war es auch so.«

Es hatte schon seit ein paar Tagen nach Gewitter ausgesehen, mit ominösem Grollen im Westen und drohenden dunklen Wolkenmassen, aber jedesmal hatte es sich wieder verzogen, und allmählich lechzte alles nach einem erlösenden Regenguß, der die dampfende, brütende Stadt abkühlen und sauberspülen würde.

Wir hatten einen Tisch auf der Dachterrasse des Restaurants, und dort aßen wir im Dunkeln, fast zwischen den Baumwipfeln. Ein beschlagener Kühler mit einem pfeffrigen Grünen Veltliner stand auf dem Tisch, und wir tranken und sahen den Kaninchen zu, die unten im Gras unter den Bäumen herumschnupperten.

Dann, ohne einleitende Tropfen, ohne zögerndes Grollen, brach ein unglaubliches Gewitter los, das innerhalb weniger Sekunden die Luft in Glas verwandelte. Aschenbecher füllten sich mit Regenwasser und flossen über, Menschen rannten ins Haus, Kellner kamen mit Tischdecken heraus, um die Gäste und ihre Speisen trocken zu halten. Wir nahmen unsere Gläser und liefen hinein, wo wir einen Tisch bekamen. Draußen trommelte der Regen auf die Dachterrasse. Stehengebliebene Weingläser füllten sich, und die Bäume im Park waren in dem dichten Schauer fast nicht mehr zu erkennen.

Drinnen wurde es schnell stickig und klamm. Das Räderwerk des Restaurants knarrte und quietschte.

Jemand schrie auf. Hinter uns schoß Regenwasser aus einem Wandornament. Es sah aus, als wäre das pseudogriechische Kapitell ein Brunnen. Das Wasser spritzte in einem Bogen heraus und prasselte laut auf einen Tisch. Das Licht im Restaurant flackerte, und an einigen Tischen machte man bereits Anstalten, aufzubrechen.

Ich schaute zu Janine und sah ihre Augen leuchten. Wir erhoben die Gläser und lachten. Tische wurden abgedeckt und woanders wieder neu gedeckt, Sektkühler herbeigeschafft, um das Regenwasser aufzufangen. Es war in jeder Hinsicht eine Katastrophe, aber da es so etwas in besseren Restaurants nicht gibt, taten die Angestellten, als wäre nichts passiert. Und so saßen wir da, während es von der Decke tropfte und die Fensterscheiben beschlugen, Kellner mit nassen Haaren dampfende Teller mit Seewolf und Lammkeule herbeitrugen, und tranken und sprachen und versanken in der römischen Dekadenz von Leuten, die preziöse Gerichte essen, während die Welt um sie herum zusammenbricht.

Später, der Schauer hatte sich verzogen, aber die Straßen und Bäume und Grasflächen im Park waren noch naß, gingen wir langsam zurück in die Innenstadt. Janine fröstelte in ihrem dünnen Kleid. Ich bot ihr mein gehäkeltes Umschlagtuch an, und als ich es ihr um die Schultern legte, lagen meine Hände kurz auf ihren Oberarmen, und irgendwie wollte ich sie nicht mehr wegnehmen. Ich wollte sie festhalten und so stehenbleiben, im nachtröpfelnden Park, zwischen den schimmernden Pfützen, in den Düften des nassen Laubs. Ich wollte dort mit ihr stehen, meine Hände auf ihren Schultern, und mit ihr das Mondlicht auf den Parkwiesen betrachten, dem Tröpfeln von den Bäumen lauschen, den Duft ihres Haars riechen und sein, einfach nur sein.

Aber ich zupfte das Tuch auf ihren Schultern zurecht und blinzelte und machte irgendwas an meinem Haar, und wir gingen weiter, aus dem Park hinaus, in die Stadt.

Wir sprachen wenig. Nicht, weil wir nichts zu sagen hatten, eher, weil es zuviel zu sagen gab, wofür wir beide keine Worte fanden.

An ihrer Wohnung angekommen, gingen wir wie selbstverständlich hinein, und dort nahm sie mein Umschlagtuch von den Schultern, faßte mich an der Hand und führte mich in ihr Schlafzimmer. Während wir uns küßten, zog ich sie aus. Ich drückte sie sanft aufs Bett und entledigte mich meiner Kleider. Dann, über sie gebeugt, sah ich sie in ihrer ganzen Schönheit, ihren prachtvollen Körper, ihre schönen, kräftigen Hüften und die Linie ihrer Taille, ihre breiten Schultern, ihre wohlgeformten Brüste. Ich öffnete den Mund, um etwas zu sagen, und blickte sie an, und da, im Dunkel, glänzend wie zwei Brillanten, sah ich ihre Augen. Noch nie hatte ich Augen gesehen, die mit so viel ... Leben ...

und ... Hingabe ... Liebe, denke ich auch ... die mich so strahlend anblickten. Und während ich das sah und mich darüber wunderte, dachte ich plötzlich: Ich darf ihr mich nicht antun.

Und da stand ich auf. Ich streichelte ihre Wange, ich sah sie an und schlüpfte eilig in meine Kleider. Aus dem Bett kam kein Laut, obwohl ich wußte, daß sie mich ansah, und ich die Fragen hören konnte, die sie dachte.

Ich konnte nicht richtig benennen, was ich in Janine gesehen hatte und was mich veranlaßt hatte, mich ihr, oder sie mir, zu versagen, und ich wußte auch nicht, was sie in mir gesehen hatte. Aber ich wußte, daß es etwas Tiefes und Dunkles war, etwas, was schlief und nie mehr geweckt werden durfte.

Ich mußte fort aus der Stadt. Ich mußte irgendwohin, wo ich den Pulsschlag der Zeit nicht spüren würde, und ich mußte etwas tun, was mich genauso beanspruchen und meine Aufmerksamkeit genauso fordern würde wie der Weinberg in Australien. Doch hier gab es keine Weinberge, keine schweigsamen Australier und schon gar keine roten Täler. Was sollte ich tun?

Die Antwort lag näher, als ich dachte.

Fast täglich fragte ich mich verärgert, warum das Hotel, in dem ich wohnte, so amateurhaft geführt wurde. Ich sah ständig Dinge, die man einfacher, anders, besser machen konnte. Eines Tages maulte ich halblaut, daß ich in Australien für zwanzig Mann cooked breakfast in der Hälfte der Zeit servieren konnte, die ... Und auf einmal dachte ich: Warum mache ich so etwas eigentlich nicht?

Vier Monate später fand mein Makler eine Villa an der Küste. Es war ein ehemaliges Bürgermeisterhaus. Die Gemeinde hatte kein Geld, um die Villa zu renovieren, und die Zeit des hedonistischen Lebens auf dem Lande war noch nicht angebrochen. Ich konnte sie zu einem Spottpreis bekommen. Acht Monate später war der Umbau beendet, und im Frühjahr 1980 eröffneten wir.

Es war fünf Jahre nach Sylvias Tod, und ich hatte noch immer nicht alles vergessen.

5

Das Meer rauschte wie ein Seidenkleid. Im Mondlicht leuchtete die Brandung schwach auf: ein vager Strich im weiten Dunkel. Unten, am Strand, lachte ein Mann, eine Frau maulte, und dann begann auch sie zu lachen, erst in Form eines zögernden Kicherns, dann silberhell.

»Ich dachte, das können wir jetzt gebrauchen.«

Leo stellte eine Schüssel mit dampfenden Käsekroketten auf den Tisch. Der Student folgte mit einem tropfenden Kühler. Ich schüttelte den Kopf, ließ sie aber gewähren. Der junge Mann machte sich daran, die Flasche zu öffnen, und Leo legte zwei Kroketten auf einen kleinen Teller, warf einen Stengel Petersilie dazwischen und eine Zitronenscheibe und reichte mir das Ganze.

Soweit ich weiß, gibt es nur in Oostende ein Restaurant, das es mit unseren Käsekroketten aufnehmen kann. Sie sind so lang wie ein kleiner Finger, so dick wie ein Männerdaumen, goldbraun und haben eine knusprige Kruste und eine Füllung, die nicht, wie meist, ein glühender Klecks geschmolzenen, fädenziehenden Käses ist, sondern eine hauchzarte Mischung aus kräftiger Bouillon und würzigem Käse. Wir haben drei Monate gebraucht, Leo und ich, bis wir den Dreh heraushatten, welchen Rohmilchkäse wir nehmen mußten, in welchen Mengen und wie wir ihn so verarbeiten konnten, daß er in der Krokette nicht zur Milchproduktlava wurde. Ich nahm die Papierserviette, die Leo mir reichte, und langte noch einmal zu.

»Ist …«

Leo nickte.

»Hat …«

Er nickte wieder.

»Meike hat nach Appelmans geschaut, als sie ihre Runde machte. Er schläft wie ein Baby. Er hatte sogar den Daumen im Mund, hat sie gesagt.«

Ich seufzte.

Der Korken ploppte aus der Flasche, die der Student in ein Tuch gewickelt hatte. Er goß einen Schluck in mein Glas und reichte es mir. Ich zog eine Augenbraue hoch und betrachtete ihn skeptisch.

»Laura!«

Leo hatte einen strengen Blick auf mich geheftet.

Ich zuckte mit den Achseln und probierte den Wein.

Ich ließ das Glas sinken.

Ich fühlte die Blicke von Leo und dem Studenten.

»Was ist? Was schaut ihr denn so, um Himmels willen?«

Ich legte die Serviette auf den Tisch und beugte mich über das Glas.

Was war mit diesem Wein?

Fast pfeffrig. Würzig. Gemähtes Gras ...

Ich streckte die Hand aus. Der Junge nahm das Tuch ab und reichte mir die beschlagene Flasche.

Es war ein schlichtes Etikett, eine weiße Kartusche, in die mit dunkelgrüner Tinte ein rustikaler alter Brunnen und ein schräg ansteigendes Feld gezeichnet war. Darunter: LAURA'S FIELD.

Ich spürte, wie mein Herz kurz aussetzte, und während ich nach Luft rang, roch ich den Duft der trockenen roten Erde, das trockene Holz, das Laub, die Felder.

»Mein Gott ... Wo ...? Wie ...?«

»Das war für das Fest bestimmt«, sagte Leo.

»Welches Fest?«

»Laura«, sagte er. »De Witte Bergen besteht jetzt zwanzig Jahre. Du führst dieses Geschäft seit zwei Jahrzehnten. Wir hatten, haben ein Überraschungsfest organisiert.«

Ich schüttelte den Kopf.

»Aber mir schien, daß heute abend ein guter Moment ist, diesen Wein zu trinken. Ich habe diese Australier angerufen, von denen du immer so endlos erzählst. Und sie haben mir ein paar Kartons mit einem Wein geschickt, den sie offenbar nach dir benannt haben. Der eine hat gefragt, ob es nicht langsam Zeit wird, zurückzukommen. Nun gut, ich habe ihm gesagt ...«

Es quoll empor und ließ sich nicht aufhalten. Ich saß da mit einem Glas Wein in der Hand, und es begann mich erst verhalten, dann aber immer heftiger zu schütteln. Unbestimmte Panik durchfuhr mich. Ich spürte, wie ich glucksend und strudelnd leerlief, wie ein Waschbecken, aus dem jemand den Stöpsel gezogen hat.

»Laura ...«

Es gab kein Halten mehr. Die Tränen tropften nicht. Sie strömten, überreichlich und unaufhörlich. Ich spürte, wie nicht nur meine Wangen naß wurden, sondern auch mein Hals, meine Bluse und sogar meine Brüste.

Der Student nahm mir das Glas ab.

»Es ist ...«

Leo legte seine Wurstfinger auf meine Schulter.

»Ganz ruhig«, sagte er. »Alles in Ordnung. Es war ein schwieriger Tag.«

»Nein!« sagte ich mit zuckenden Schultern.

»Nein? Na ja, ich ... Wieso nein?«

Ich nahm die Serviette, die mir der Student reichte, und tupfte mir die Augen trocken.

»Das hat alles nichts mit Hektik oder einem schwierigen Tag zu tun. Und auch nicht mit diesem Idioten von Appelmans.«

Der Student reichte mir mein Glas wieder. Unsere

Blicke trafen sich kurz, und auf einmal mußte ich trotz meiner Tränen lachen.

»Setz dich, Leo. Du auch. Himmel ...«

Ich nickte dem jungen Mann zu.

»Wie heißt du eigentlich?«

»Jozef.«

Er machte ein ziemlich ernstes Gesicht.

Ich trank einen Schluck Wein und spürte, wie Klarheit in mich strömte.

»Es hat nichts mit heute zu tun. Nichts mit Streß oder den Gästen oder Appelmans. Es hat was mit Ägidius zu tun.«

Leo zog die Augenbrauen hoch und sah mich fragend an. Der Student nickte.

»Vor fünfundzwanzig Jahren, heute vor einem Vierteljahrhundert, verlor ich meine große Liebe, und obwohl ich sie noch immer vermisse, wurde mir heute zum erstenmal klar, daß ich, wie sie, schon seit fünfundzwanzig Jahren tot bin. Nein, laß mich aussprechen, Leo. Seit ihrem Tod bin auch ich tot, und das Schlimme ist, daß es in meinem Fall meine eigene Schuld war. Ich habe Selbstmord begangen. Ich habe mich nach ihrem Tod nicht mehr getraut, ins Leben zu springen. Ich stand am Abgrund und hatte Angst vor dem Tiefen und Schwarzen. Ich stand am Meer ...«

Ich starrte vor mich hin, auf die Brandung, und es war, als würde ich auf einmal verstehen, warum ich vor zwanzig Jahren unbedingt ein Hotel am Meer aufmachen wollte.

»... am Meer stand ich, und ich konnte nur schauen. Ins tiefe Wasser traute ich mich nicht. Weißt du, wie das ist, Leo? Weißt du, wie das ist, alles in sich zu töten und niemand mehr zu lieben, nicht mehr lieben zu dürfen?«

Es war still.

»Sag mal«, sagte Leo, »hab ich da gerade *sie* gehört?«

»Sie?«

»Ja, war es eine Frau, in die du ...«

Ich nickte.

»Boh«, sagte Leo nach einer Weile.

»Was ... *boh*?«

Er goß sich und Jozef Wein ein und kostete.

»Ja, ich weiß nicht«, sagte er dann, »aber du siehst überhaupt nicht ...«

»Leo, wenn du jetzt sagst, daß ich gar nicht wie eine Lesbe aussehe, dann schlag ich diese Weinflasche auf deinem Kopf entzwei.«

Der Student grinste.

Aus einem Strandzelt in der Ferne wehten Musikfetzen heran. Ich glaubte die Melodie zu erkennen, doch der sanfte Nachtwind verwehte die Klänge, bevor ich mir sicher war.

Wir tranken schweigend. Leo drehte sich eine dünne Zigarette, die nach einem schwelenden Blätterhaufen zu stinken begann, als er sie anzündete. Ich spürte, wie der Tag und die Ereignisse der letzten Stunden aus meinem Körper wegsackten.

Ich bin sechzig, dachte ich, und ich sitze hier auf der Terrasse meines eigenen Hotel-Restaurants. Ich habe erreicht, was ich mir vorgenommen hatte. Was will ich noch mehr? Was ich nicht habe? Was ich nicht mehr haben kann?

Über dem Meer, aber noch ganz in der Ferne, begann es schwach zu wetterleuchten. Es war nicht mehr als ein sanftes Flackern, wodurch ein kleines Stück des Nachthimmels aussah wie schwarzer Marmor.

Alles habe ich, dachte ich, und ich habe nichts. Was ich habe, das habe ich nicht, weil ich mich etwas getraut habe, sondern weil ich mich *nicht* getraut habe.

Sylvia. Ich hatte sie verwegen und impulsiv und unbesonnen gefunden. Wie sie sich hatte schwängern lassen, um mir ein Kind schenken zu können ... Aber auch wie sie mit mir mitgekommen war, als ich sie einfach mir nichts, dir nichts auf der Straße angesprochen hatte ... Ich lebe noch, dachte ich, weil ich nicht so bin. Plötzlich mußte ich an meinen ersten Abend auf dem Weingut von Derek und Keith zurückdenken und an meine kurzfristig aufflackernde Panik, als mir bewußt wurde, daß ich mich mitten in der Wildnis mit zwei Männern befand, die ich nicht kannte. Immer Angst. Ich trank mein Glas aus und ließ mir von Jozef nachschenken.

»Wie alt bist du?« fragte ich, als er wieder saß.

Er war vierundzwanzig.

»Was willst du später werden, Jozef?«

»Wenn ich groß bin?«

»Vielleicht noch etwas früher.«

Ich dachte an Appelmans, der in seinem Terrassenstuhl auf dem Betonfußboden gesessen hatte, zwischen den Vorratsregalen, ungnädig beschienen vom weißblauen Schein der Neonröhren. Es hatte eine Weile gedauert, bis er zu sprechen begann, aber dann kam die reinste Sturzflut.

Es war eine enttäuschend banale Geschichte. Er war ein paar Tage zuvor nach Hause gekommen und hatte dort seine Frau inmitten des kompletten Koffersets vorgefunden, in Hut und Mantel, bereit zu gehen. Er hatte gefragt, was los sei, und zuerst hatte sie ihn nur angesehen, bis sie nach einer ganzen Weile den Kopf geschüttelt und gesagt hatte: »Du glaubst doch wohl nicht, daß ich mit dir alt werden will, Bernard? Ich bin hier wie ein Fisch im Aquarium, ohne Pflanzen, ohne einen Felsen, nur mit ein paar Steinchen auf dem Boden.«

»Fisch?« hatte ich gesagt. Und ich hatte zum Maître geschaut, der in sich zusammengesunken ins Nichts starrte.

»Fisch«, sagte er.

Er hatte es nicht verstanden. Hatte sie denn nicht alles, was ihr Herz begehrte? Ein Haus, das fast hypothekenfrei war, ein Auto, jeden Donnerstag Lunch mit ihren Freundinnen, der Lesekreis ...

»Und da sagte sie: Bernard, das sind sekundäre Dinge. Ich will Liebe.«

Er hatte zu mir geschaut, und ich hatte bedächtig genickt, wie um zu suggerieren, daß wir das alle wollten.

»Liebe«, sagte er. »Als ob es keine Liebe wäre, wenn man es einfach gut miteinander hat.«

Mein unwillkürlich ausgestoßener Seufzer war so tief gewesen, daß er erstaunt aufgeblickt hatte. Ich war aufgestanden und hatte das Neonlicht ausgemacht. Es dauerte eine Weile, bis die Finsternis sich verzog und uns in der fahlen Dämmerung des hereinfallenden Restlichts zurückließ.

»Nein, Herr Appelmans«, sagte ich schließlich. »Ich fürchte, ›es einfach gut miteinander haben‹ ist keine Liebe. Das ist ganz schön, aber man kann es auch einfach gut haben mit einem ... mit einem Fisch.«

Er schnaubte.

»Liebe«, sagte ich, »ist lebensgefährlich. Es ist ein großes Wagnis. Man kann das Gesicht verlieren, es kann weh tun. Man kann sogar daran sterben. Liebe bewirkt, daß man mehr fühlt als normal. Das ist nicht immer angenehm. Liebe, Herr Appelmans, ist nicht: ›es einfach gut haben‹.«

»Frauen ...«, sagte Appelmans.

»Sind auch Menschen«, sagte ich.

Er schwieg.

Nach einer Weile fuhr er mit seiner kleinen tragischen Geschichte fort. Ein Taxi war gekommen, seine Frau war eingestiegen. Er hatte ihr noch geholfen, die Koffer zum Wagen zu tragen.

»Aber wo gehst du hin?« hatte er gefragt, und: »Wann kommst du wieder zurück?«

Sie hatte nur den Kopf geschüttelt und starr vor sich geschaut. Appelmans hatte gesehen, daß ihr eine Träne über die Wange lief, und das hatte er nicht verstanden. Warum sollte man weggehen, wenn es einem so deutlich Kummer bereitete?

Doch sie war gegangen und nicht zurückgekommen. Auf dem Kühlschrank hatte er einen Zettel unter einem Magneten gefunden. Darauf stand eine Telefonnummer und daß sie ihm alles Gute wünsche. Im Kühlschrank stand sein Essen in einer Tupperdose.

Seit diesem Tag, es war noch keine Woche her, hatte er kaum mehr geschlafen. Er konnte sich nicht an das leere, stille Bett gewöhnen, und wenn er morgens aufstand, suchte er sie immer noch, wie ein Hund, der nicht begreift, wo der Ball ist, wenn man gerade so getan hat, als würde man ihn wegwerfen.

Und dann das Nachhausekommen.

»Du steckst den Schlüssel ins Schloß, du machst die Tür auf, und eine Sekunde lang denkst du, daß alles einfach so ist, wie es war, daß alles nur eine Einbildung war, ein Gedanke, der sehr wirklich schien. Und dann ist das Haus leer.«

Er hatte den Kopf geschüttelt, als er das erzählte, als könne er auch jetzt wieder nicht verstehen, daß es keine Einbildung war.

»Und jetzt«, sagte er, »kann ich nicht mehr zurück. Ich traue mich nicht mehr. Ich bin ...«

Er schwieg.

Ich sah ihn an. Schweißtröpfchen perlten an seinem Haaransatz.

Seine Stimme war sehr leise.

»Ich habe Angst ...«

Ich stand auf und legte ihm die Hand auf die Schulter.

»Ach, Herr Appelmans«, sagte ich, und ich hatte in das fahle Dämmerlicht des Garagenkellers gestarrt und an die unsichtbaren Wunden der Liebe gedacht, die Wunden, mit denen wir alle herumlaufen, die aber niemand zu zeigen wagt.

Jozef, der Student, erhob sich wieder, um uns einzuschenken. Aus der Ferne kam noch ein Fetzen Gesang angeweht. Er lag mir auf der Zunge, der Titel des Lieds, aber ich konnte ihn nicht aussprechen. Ich trank und bedeutete Jozef, die nächste Flasche zu öffnen, als er die erste leer neben den Kühler stellte. Ich legte die Füße auf den Stuhl gegenüber und spürte, wie die weiche Nachtluft unter meinen Rock kroch und meine Beine streichelte. Das Gewitter über dem Meer war etwas näher gekommen, aber meine

Erfahrung sagte mir, daß es wohl noch eine Stunde dauern würde, bevor es das Land erreichte.

Ein paar Minuten lang, während ich da saß und die Blicke von Jozef und Leo spürte und die Erinnerungen, die in mir aufkamen wie ... na ja, fast wie so ein vages, fernes Gewitter ... ein paar Minuten lang spielte ich mit dem Gedanken, alles stehen und liegen zu lassen, das Hotel meinem schwierigen Koch und dem vielversprechenden jungen Studenten zu übertragen, der etwas von Ägidius wußte. Gleichzeitig, oder währenddessen, dachte ich an meinen Vater und meine Mutter oder, besser gesagt: mir fiel ein, daß ich schon sehr lange nicht mehr an sie gedacht hatte und daß ich jetzt vielleicht endlich keine Waise mehr war, mit sechzig, und unmittelbar danach dachte ich an Sylvia, und ich sagte mir: Vielleicht ist es jetzt auch an der Zeit, keine trauernde Witwe mehr zu sein. Und in dem Moment empfand ich Bedauern, das tiefe Bedauern eines Menschen, der weiß, daß er den Becher an sich hat vorübergehen lassen, und das erst jetzt erkennt. Zu spät, zu spät. Ich sah Janine wieder, wie sie in sommernächtlicher Dunkelheit nackt auf dem Bett lag, das Leuchten der Hingabe in den Augen. Dem hatte ich entsagt. Wo Appelmans wenigstens noch eine Form von Liebe in seiner Alltäglichkeit gezeigt hatte, da hatte ich selbst das vermieden. Ich wußte in dem Moment, daß Janine die letzte war, die ich geliebt hatte, und daß der Keim der Liebe danach in mir verdorrt war. Jetzt war ich sechzig. Ich wußte kaum, wer ich war und was ich war. Ich wußte aber, daß ich jemanden lieben wollte und daß ich wollte, daß jemand mich liebte. Gott, ja, das wußte ich: Ich wollte geliebt werden. Ich wußte auch, es würde jemand wie Janine sein, eine Frau, die mich durch die Großzügigkeit ihres Gebens, durch die Freigebigkeit ihrer Liebe wieder zum Leben erwecken könnte. Ich wußte nicht, ob das je geschehen würde, ob es noch möglich war, aber ich war bereit, darauf zu warten.

Wollte ich bleiben?

Ich lauschte der vorbeiwehenden Musik.

And how can you mend a broken heart?
How can you stop the rain from falling down?
How can you stop the sun from shining?
Please help me mend my broken heart and let
me live again.

Ja, ich wollte bleiben.

Ich wußte nicht, ob es zu etwas führen würde. Ich wußte nicht, ob mein Warten belohnt würde. Ich wußte nicht einmal, ob es überhaupt Sinn hatte. Aber ich wußte es jetzt, nach fünfundzwanzig Jahren, ganz genau.

Ich wollte bleiben.

Nachweis

Das Ägidiuslied auf Seite 35 ist in der Gruuthuse-Handschrift zu finden, die in der Koninklijke Bibliotheek in Den Haag aufbewahrt wird. Es ist, in einer schlichten Ausführung von Philip Schuddeboom, auf der Website der KB zu hören: http://www.kb.nl/galerie/gruuthuse/mp3/studiolaren-12.mp3.

Die deutsche Fassung stammt von Jérôme Decroos und ist dem Band *Niederländischer Psalter. Geistliche Dichtung aus sieben Jahrhunderten*, Freiburg, Herder 1948, entnommen.

Das Zitat auf Seite 89 stammt aus *How can you mend a broken heart?* (Barry und Robin Gibb), einem Hit der Bee Gees aus dem Jahr 1971.

Marcel Möring

Der nächtige Ort

Aus dem Niederländischen von
Helga van Beuningen

Roman, gebunden, 558 Seiten

Großes Welttheater in einer kleinen Provinzstadt, in einer einzigen warmen Juninacht: Marcel Mörings Opus magnum ist ein gewaltiges, packendes Epos voller unerwarteter Wendungen, das spielerisch und souverän Themen wie Judentum, Philosophie und Menschheitsgeschichte in Literatur überführt.

»Der schönste und beste Roman, den ich in diesem Jahr gelesen habe. Der schönste, weil die Verzweiflung der Liebesuchenden in jedem Satz spürbar ist; der beste, weil Mörings Sprache die reine Verführung ist.«
De Groene Amsterdammer

»Atemberaubend klug, schamlos modern, sinnlich, unheimlich und üppig – *Der nächtige Ort* nimmt den Leser mit auf eine faszinierende Reise.«
The Bookbag

).Luchterhand Literaturverlag

Peter Drehmanns

Immer nur begraben

Aus dem Niederländischen
von Andreas Ecke

Roman, Klappenbroschur, 368 Seiten

Am frühen Morgen seines vierzigsten Geburtstags macht sich der Möchtegernschriftsteller Hans Woedman aus dem Staub, lässt seine schwangere Frau Bebel in Breda allein zurück. Mit einem schlechten Gewissen und dem unbestimmten Wunsch, ein anderer zu sein, begibt er sich wie ein zeitgenösischer Gralsritter auf die Suche. Sein Ziel: der Wilde Osten …

»Drehmanns ist einer der letzten ›wahren Schriftsteller‹, die es in den Niederlanden gibt.«
Het Parool

»Irrwitzig & böse.«
SUPERillu

). Sammlung Luchterhand